dear

thank you,
mom

Love Mom

U0520343

> 画一幅最爱的妈妈的脸
> 或贴一张她的照片
> 作为礼物吧

紫图图书 出品

希望妈妈
也能好好爱自己

[韩]张海珠 —— 著　　宗　帅 —— 译

民主与建设出版社
·北京·

© 民主与建设出版社，2025

图书在版编目（CIP）数据

希望妈妈也能好好爱自己 /（韩）张海珠著；宗帅译. — 北京：民主与建设出版社，2025.7. — ISBN 978-7-5139-4955-2

Ⅰ．I312.665

中国国家版本馆 CIP 数据核字第 2025017KG6 号

엄마도 엄마를 사랑했으면 좋겠어
Copyright © 2020 by Jang Hae-Joo
All rights reserved.
First published in Korean by BACDOCI Co., Ltd.
Simplified Chinese Translation rights arranged by BACDOCI Co., Ltd. through May Agency
Simplified Chinese Translation Copyright
© 2025 by Beijing Zito Books Co., Ltd.
著作权合同登记号：01-2025-1846

希望妈妈也能好好爱自己
XIWANG MAMA YENENG HAOHAO AI ZIJI

著　者	［韩］张海珠
译　者	宗　帅
责任编辑	郎培培
装帧设计	紫图图书 ZITO
出版发行	民主与建设出版社有限责任公司
电　话	（010）59417749　59419778
社　址	北京市朝阳区宏泰东街远洋万和南区伍号公馆 4 层
邮　编	100102
印　刷	艺堂印刷（天津）有限公司
版　次	2025 年 7 月第 1 版
印　次	2025 年 7 月第 1 次印刷
开　本	787 毫米 ×1092 毫米　1/32
印　张	6.75
字　数	100 千字
书　号	ISBN 978-7-5139-4955-2
定　价	59.90 元

注：如有印、装质量问题，请与出版社联系。

前 言

妈妈爱自己的那些时光

不久前,在去济州岛旅行的回程中,我在机场免税店给妈妈买了口红当作礼物。已经很久没见妈妈照着镜子涂口红的样子了,莫名的心酸涌上心头。我看到妈妈涂上口红的样子后立刻赞不绝口,"光是涂个口红,脸色都变好了呢""我妈真漂亮""以后出门也化化妆,像现在这样好好涂上口红"。也许是女儿的夸奖让妈妈心情大好,她反复追问:"真有那么漂亮吗?"

那天的口红给妈妈带来了怎样的转变呢?那时我听到她低声说:"我也真该打扮打扮了,该爱自己一点了。"

"我也真该打扮打扮了,该爱自己一点了。"听到这句话时,我端详起妈妈的脸。本以为会一直如花季少女一样美丽的脸上,布满了岁月的痕迹。眼角、嘴角在不知不觉间堆起了一条条皱纹,曾经紧致饱满的皮肤也因肌肉萎缩和水分的流失而略显松弛。回想起来，妈妈一直都没有好好照顾自己，不是因为没有时间，也不是不知道该如何照顾自己，而是妈妈把照顾自己这件事当成一种奢侈。妈妈爱自己的那些时光，究竟流逝到何处去了呢？

审视妈妈的一生而写下这些文字时，我有些痛苦，有些哀伤，却无比幸福。我希望这些文字能给我的妈妈、所有的妈妈，以及像我一样的女儿，带来小小的慰藉。

就像走在漆黑的路上，正当满心恐惧之时，看到前方一盏微亮的路灯，顿时感到安心和片刻的慰藉那样。

对于所有生活在家庭这个圈子里的女人，希望我的这些文字能结集成一本书，一本能在孤独的旅途中短暂成为你同伴的书。希望这本书能让你产生共鸣，或者在你因为想到自己的过去而潸然落泪时，能够给你一些慰藉。

希望每一位读者，都能拥有这样小小的慰藉与安宁。唯愿如此。

谨以此书献给妈妈，献给如花一般的妈妈。

张海珠

目录

第 1 章
我喜欢妈妈的脸

我的妈妈是个抽烟的女人 · 002
结了两次婚的女人 · 005
想让妈妈回到从前 · 009
希望妈妈也能好好爱自己 · 013
妈妈最初的梦想并不是成为母亲 · 020
我喜欢妈妈的脸 · 025
以母之名 · 031
世界上最宝贵的双手 · 038
妈妈偶尔也会感到无力 · 041

第 2 章

日子过着过着，就爱上那个人了

那个女人温暖的名字，李熙静　·048

日子过着过着，就爱上那个人了　·053

伤痛变成花朵的时间　·058

爸爸喜欢长头发　·064

妈妈说，她也会感到孤单　·069

对妈妈来说，女儿是怎样的存在呢　·074

妈妈也有权拥有"角色"　·080

耀眼的、绽放的人生　·087

有温度的真话　·092

想要长久陪伴的心情　·098

第 3 章

妈妈内心的伤痛有着我的影子

妈妈的身体日渐衰弱,我却未曾发觉	·106
不爱妈妈的心	·111
因为是母女	·116
妈妈的秘密心事	·121
专属于母女的和解法	·127
生在首尔的乡下女人	·132
妈妈偶尔也想在外面吃饭	·138
对不起,女儿没能为你做些什么	·143
要么爱极了,要么恨极了	·148

第4章

也许这是第一次好好看妈妈

妈妈比花更美 ·156

姥姥的行李箱里装着对妈妈的爱 ·161

需要休息 ·165

在思念你的日子,在想见你的时候 ·170

妈妈如花般盛开 ·175

我们生活的模样,还有相爱的模样 ·180

有些事只有女儿才能做到 ·185

长大后,就懂得了爱妈妈 ·190

直到世界终结,我都是妈妈的女儿 ·193

后记 女儿写给妈妈的话 ·197

致宝石般闪耀的妈妈 ·200

第1章

我喜欢妈妈的脸

我的妈妈
是个抽烟的女人

如果问我妈妈是什么味道,我的答案跟其他人常说的温暖、柔软大相径庭,因为我熟悉的妈妈的味道是香烟的气味。

我的妈妈是个爱抽烟的女人,喜欢坐在屋外的廊檐下抽烟。春天看着房前果园的桃树长出嫩绿的萌芽,夏天吹着越过山岭的风给汗涔涔的身体降温,秋天把蔚蓝的天空当作屋顶,冬天凝望着轻轻飘落的雪花仿佛陷入某段回忆。虽然都是在抽烟,但是嘴里叼着烟的妈妈的模样如同变色龙,随季节流转而姿态万千。

大约在我8岁的时候妈妈学会了抽烟，当时29岁的她一夕间成了离过婚的女人。她在朝气蓬勃的21岁当了妈妈，8年后结束了这段婚姻，又与一对宝贝儿女被迫分开（因为生活的压力，被迫把孩子们送到乡下）。原本她拥有的一切——家庭、丈夫、曾经拥入怀中的孩子，本应灿烂的20多岁，以及为了撑起一个家而流逝的那些时光，在那一刻，妈妈都失去了。那时她是怎样的心情呢？又是依靠什么活下来的呢？

或许曾因无情流逝的岁月而愤怒，或许曾因思念乡下的孩子而心痛不已，或许曾因强忍泪水而把大腿掐到瘀青，亦或许曾因每每想到那段比含苞待放的花朵还要耀眼的花样年华被夺走而产生的空虚和失落，这些都让她备感受挫。

渐渐地，她学会了抹去那些残渣般留存的情绪，重新找到让自己获得慰藉的方法———烟解千愁，也顺便带走了离婚女人苦闷的人生。妈妈就是在那时学会了抽烟，并且很快就成了习惯。偶尔回想过去，妈妈左心房总会隐隐作痛，每当这时，她都会说："幸好学会了抽烟，至少还能用香烟来安慰自己。"

这样的岁月不知过了多久，曾经拥入怀中的孩子们已经长大成人，妈妈也组建了新家庭。那一刻，妈妈的人生重新开始了。经历了20多岁的纯真、30多岁的心碎、40多岁对人生的感悟，50多岁终于找到了真正的自己，现在妈妈即将迎来她的60岁。这些年里，她从都市女人变成了农民的妻子，在贫瘠的土地上挥汗耕耘，倔强地种出了属于她的果实。作为附赠，她还得到了黝黑的皮肤、深深的皱纹和灿烂的笑容。

妈妈至今也没有戒烟，她偶尔会调侃自己："真不知道我为什么到现在还戒不掉这个。"我猜，也许她心里还残留着某些需要被抹去的东西吧。

今天的妈妈一如往常地吞云吐雾。但我会默默地等待着妈妈与香烟说再见的那一天，相信到那时，支撑妈妈人生的将不再是香烟，而是其他的东西。希望那是一双巨大的手，能把时不时就走进过往黑暗隧道的妈妈拉出来，并牵引着她走向光明的大路。

结了两次婚的女人

妈妈特别会察言观色，能通过对方微妙的表情和语气变化，准确地察觉对方的身心状态。

也许是再婚的缘故吧，妈妈察言观色的能力比原来更厉害了。

爸爸妈妈离婚后，我和弟弟是判给妈妈抚养的，直到上初二的时候我才见过爸爸一次。那时候的爸爸冷若冰霜，我还记得自己对他的样子失望至极，也因此感到很受伤，回家跟妈妈说再也不想跟爸爸见面了，之后就再也没见过。由于爸爸很早就不在我身边，所以如今爸爸的样子不仅模糊不清，甚至几乎快消失了。

虽然妈妈告诉我爸爸以前非常爱我，但那毕竟是在我年幼的时候，现在并没有任何记忆，这导致我对父爱的理解并不深刻。在我的认知里，爱应该存在于双向互动的良好氛围中。

与妈妈一起生活多年后，某一天我突然有了爸爸——妈妈在我17岁那年再婚了。让我没想到的是，有了爸爸这件事竟令我如此尴尬和不适。17岁之前，于我而言爸爸是几乎不存在的，更何况是毫无血缘关系、跟我完全陌生的男人突然就成了我的爸爸。无关我的想法、我的选择、我的一切，他就这样成了我的爸爸。

妈妈曾试探着问过我对她再婚的看法，当时我的回答非常简单："妈，那是你的人生。都什么年代了，谁还会被儿女拴住而放弃自己的人生。这种思想过时了，要是遇到合适的人就交往吧。我也不希望你只当我妈，要是有机会当个真正的女人，可要把握住机会呀。"

那时的我做梦也没想到，妈妈再婚这件事会跟我的人生有关。原本我只是希望妈妈能活出自己的人生，完全没有做好心理准备，要接受生命中多出一个爸爸来。

对当时的我来说，爸爸被划分为跟我完全无关的人，只是妈妈的前夫和现任丈夫而已。然而，就是从那时起，我与妈妈，还有突然成了我爸爸的那个人之间，一场战争打响了。

我费尽心思尽量不跟他碰面，在不得不见面的时候，我会选择面无表情地面对他，除了回答他的问话之外，一整天都保持沉默。妈妈为了改善我跟他的关系，有时会故意使唤我，找些让我必须称呼他才能做的事，比如叫他吃饭，但我就像故意说给妈妈听一样："那个，妈妈让你吃饭。"

被人喊了"那个"，他的回答却让人无语："好啊，吃饭吧。"

我完败了。他竟然不带一点儿情绪，若无其事地接受我如此对待他，怎么能那样呢？这让喊出"那个"的我略有些难堪。

这位爸爸就这样默默"守护"了我整整 10 年。不管我怎么使坏，态度如何不好，他对我都始终如一。

担心再婚丈夫和自己的孩子会讨厌彼此，在长达 10

年的岁月里,妈妈夹在现任丈夫和青春期叛逆的女儿之间,只能看我们的脸色度日,仿佛结了两次婚是犯了什么罪一样,所以妈妈在那 10 年里并没能活出自己。

也许是过往的岁月已经沉淀成了习惯,尽管如今我和新爸爸已经接纳了彼此,成了真正的一家人,但妈妈还是会习惯性地观察我们的脸色。比如有时我努力藏起不开心的情绪,拨通妈妈的电话时,她仍能立刻听出我的异状。

"你是不是有什么事?声音怎么有气无力的?"

"我跟平时一样啊,难道有区别吗?"

"你可是我生的,别想瞒我。"

听了妈妈的话,我扑哧一声笑了出来,一方面是因为无从辩驳,另一方面是感叹妈妈察言观色的能力。

回首往昔,妈妈曾经默默忍受过的那些让她难过、让她心寒的脸色,也许正是为了更加疼爱家人、抚慰家人、珍惜家人吧。

我的妈妈是结了两次婚的女人,而我是这个结了两次婚的女人最特别的女儿。

想让妈妈回到从前

妈妈和爸爸（本书后面提及的爸爸皆指妈妈的现任丈夫）下乡务农不知不觉已经将近 20 年了。这 20 年里，妈妈的生活发生了 180 度的大转变。

某天，我打开妈妈的衣柜，发现里面全是干农活儿时穿的衣服，没有一件是适合外出穿的，而且那些衣物看起来都很眼熟，原来全是我大学时戴过的帽子，穿过的 T 恤衫、衬衫和裤子。每次我清理自己的衣柜时，妈妈都会把我不要的衣服一股脑儿拿走，整整齐齐地放进她自己的衣柜。我再打开妈妈的鞋柜，里面竟然连一双皮鞋都没有。不知多久以前给她买的运动鞋，现在还公然占据着鞋柜的一席之地。我出神地看着妈妈的衣柜和鞋柜，不禁想起了她以前衣柜和鞋柜的样子。

妈妈以前的衣柜简直可以用华丽来形容，五颜六色的衣物分门别类地挂着，那时我从未见妈妈穿过皮鞋以外的鞋子。不仅如此，梳妆台上更是摆满了护肤品和化妆品。

令只有13岁的我的少女心中燃起腾腾火苗的，不是帅气的偶像团体，不是跟班里最受欢迎的男生坐同桌时受到全班女生的羡慕嫉妒，而是看着妈妈出门前梳妆打扮。每当看见妈妈在梳妆台前化妆时，在衣柜前挑选衣服时，用吹风机和卷发梳做发型时，我都会莫名地心跳加速，悸动不已。

妈妈化妆或者做发型的时候，13岁的我会坐在旁边问个不停："妈妈，那个为什么要那样涂？""妈妈，为什么要那样在嘴唇上画线？""妈妈，你的头发为什么会发红？""刘海为什么要那样吹？"妈妈没有一次不耐烦，她总是耐心回答我的每个问题："在嘴唇上画线是为了让唇形更漂亮呀。""刘海这样吹是最近流行呀。""头发发红是因为染了颜色呀，等我家海珠长大了，妈妈也带你去染漂亮的颜色。"

披着浅酒红色的长发，穿上一身西服套装，化好美美的妆，打扮好的妈妈总会问我："妈妈漂亮吗？"

妈妈笑眯眯地问我她漂不漂亮的那个样子，现在回想起来依然觉得美极了。甚至我曾想过，就算是仙女下凡，都不一定比我妈妈漂亮，而且在此之前我从没见过比她更年轻貌美的妈妈。

然而妈妈下乡务农之后一切都变了，她不再穿皮鞋，而是穿起了运动鞋；不再穿西服套装，而是穿起了方便干活儿的牛仔裤和棉布裤子；不再染浅酒红色头发，而是每天将满头花白的头发编成辫子。因为在现实面前，打扮自己成了一种奢侈。世上最漂亮、最时髦的都市妈妈，一夕之间变成了勤劳的农村妈妈。

现在的妈妈能省则省，她总说乡下不比城市，万物皆珍贵，所以必须节省。可这种节省最终导致有些东西还没用就过期了，不得不扔掉。

有一次我发现放在冰箱里的面膜早就过了保质期，

仔细一看还是我去年买给她的。难怪每次我觉得妈妈的面膜差不多该用完了，问她的时候，她总说"还有，够用呢"，原来说的就是这些。当我告诉她这些面膜过期不能用了，准备扔掉时，她总是急忙说道："放着吧，夏天干完农活儿敷一张，可舒服了。就算过期了也能用，而且我用了也没觉得有问题，就这样扔了多可惜啊。放着吧，我用。"

"妈，过期了该扔就得扔，一味节省也不见得是好事呀。"

无论我怎么说，妈妈依然我行我素，只见她撕开已经过期的面膜敷在脸上，像是故意做给我看一样，然后打开电视，躺在沙发上休息。面对如此顽固的妈妈，我实在没有办法，只能默默祈祷她用了这些面膜不会出问题。最近妈妈因为皱纹变多心烦不已，我得马上给她买瓶抗皱面霜了。

哪怕只是片刻，我也想把当年总是笑着问我"妈妈漂亮吗"的那个妈妈重新找回来。所以在往后的日子里，我只想用最好、最漂亮、最美的东西来弥补她。

希望妈妈
也能好好爱自己

"你买新衣服了呀,颜色真好看。"每次听到姥姥这句话,妈妈都会说:"好看吧,妈,你试试,你要是喜欢就送你了。"

说完妈妈会立刻把身上的衣服脱下来送给姥姥,可明明那是她攒了好几年钱才咬牙买下的衣服。我在一旁看着,着急说道:"妈,那不是你刚买的吗?"

"闭上你的嘴。"妈妈小声说道,并用眼神示意我别再说话。这样的事情出现过不止一次,我只能硬生生咽下想说的话,调高电视音量,不再去听妈妈和姥姥的对话。

就在我看电视缓解郁闷的心情时，妈妈拿着刚洗好的抹布从洗手间出来，开始打扫卫生。她一边用抹布使劲擦着柜子，一边说："唉，看来你姥姥也真老了。原本是容不得地上有一根头发的人，可你看这儿全是灰，真是太阳打西边出来了。"

不知到底在打扫还是在担心姥姥，妈妈不停地念叨，手里的抹布更加用力地擦着柜子。我装作没看见，若无其事地看着电视。反正就算还嘴，也只会让我越说越生气，最后可能还会惹妈妈伤心。在乡下受苦受累，好不容易腾出时间进城，却又拿起抹布不停地干活儿，还因为姥姥的一句话，就把新衣服脱下来给了她。在我看来，妈妈的行为不是一般地气人，而且我完全不能理解。但我知道，这些都是性格使然，她就是无法做到置之不理，只要看见了就必须去做，这样心里才舒坦。

刚打扫完，妈妈看了一眼墙上的时钟，已经到该做饭的时间了，于是她又开始淘米煮饭，从冰箱里拿出五花肉处理，拌葱丝、煮大酱汤、切泡菜，为丰盛的晚餐做准备。但吃饭时，妈妈一口都顾不上吃，一直不停地为大家烤肉，即使我提议换我来烤，让她先吃饭，她也坚持不肯放手，直到其他人都吃得差不多了，才拿起碗筷。看着妈妈的样子，我忍了一整天的怒火终于一股脑儿地发了出来。

"就是因为你每天都在不停地干活儿，所以才会腰疼。你对自己的身体好点儿吧，多爱惜它一点儿。没遇到一个好主人的腰，得多命苦啊。"我责怪着她无辜的腰，说出憋在心里已久的想对妈妈说的话。

看着妈妈独自吃饭，不知为何我心里燃起的更多的是气愤不已。难得来姥姥家，不是应该让原本疲惫不堪的身体好好休息放松的吗？可她好像就是做不到。对其他人来说那么简单的休息，为什么对她来说就那么难呢？

"虽然你是我妈，但你真的很奇怪。来了姥姥家为什么不好好歇一歇，为什么还是一直在干活儿，不是打扫卫生就是做饭，家务活难道就不能先放一放吗？一定要全部揽下做了你才舒坦吗？"

妈妈听了我的话并没有过多回应，直到吃完饭她才开口说道："你问我为什么不歇一歇，我也是人，我也会老，我也有什么都嫌烦、想扔下不管的时候，每天做饭、洗碗、打扫卫生这些事，我也想有人替我做，我也有一点儿都不想动的时候。那为什么我还要做？我不做谁来做，你会做吗？"

妈妈的话让我无言以对，这时候她总是逻辑清晰，说得头头是道，谁都赢不过她。此时，我能用的办法只有一个，那就是把憋在心里已久的话一吐为快："刚才那件新衣服也是，给姥姥再买一件不就行了，非得把自己身上穿的脱下来给她吗？"

妈妈瞪了我一眼，说道："你这死丫头，我怎么就生出你这么多坏心眼儿的孩子。我那样做是有理由的。姥姥还能活多久？等你老了就知道了，哪怕是芝麻大的一点儿小事都能让你高兴得跟孩子一样。"

而我的脑海中只是浮现出了在乡下务农，想买一件新衣服都要纠结好几次，穿上新衣服后满脸笑容的妈妈。其实我是想问她真的没事吗，但我还没说出这句话，就已经成了一个有坏心眼儿的外孙女、一点儿都不为妈妈着想的不懂事的女儿。我突然觉得很委屈。

"妈，我只是想问你是不是真的没事，怎么就成了坏心眼儿的人了？而且我也只是在担心我妈啊。"

看着气呼呼的我，妈妈突然笑了。我一脸诧异地看着她，搞不清是什么状况。妈妈止住笑说，我现在的样子像极了她年轻的时候，而她现在的样子又跟姥姥年轻的时候一样。

妈妈要收拾餐桌时，跟我讲了一个寡妇的故事——年纪轻轻就没了丈夫，独自一人把女儿抚养长大，为女儿奉献了自己的一切。不仅如此，她对周围有困难的人也会伸出援手，就算自己的日子过得紧巴巴，但只要有东西仍会分享给邻居。这个寡妇就是我姥姥。

姥姥就是这样一边奉献自己，一边慷慨地与周围人分享。妈妈说她就是看着这样的姥姥长大的，而她与姥姥血脉相连，天性自然也如此，没法改变。

"妈，我可不想像你那样过日子，而且姥姥那都是过去的事了，现在谁还这样？"

对于我的态度，妈妈一副已经见怪不怪的样子："因为你基因突变了呗。唉，我竟然生出你这么个坏东西来，只能忍了。"

妈妈一边摇着头，一边收拾餐桌，我赶忙说我来洗碗，但妈妈坚持不让我洗。她说等我结了婚，就会有干不完的家务活，所以别这么早就干。她自己这样活了一辈子，因此她不想让女儿再过这样的日子。

呆望着妈妈的背影，我思绪万千。希望妈妈也能好好爱自己，就像她爱我一样。希望她一刻都不要忘记，"妈妈"这个词是伟大的、有价值的、美丽的存在。希望她不论在洗碗的时候、打扫的时候，还是做饭的时候，都能告诉自己，她以妈妈的名义所做的一切，都值得被珍视；希望她不要觉得自己是妈妈，就什么都牺牲、奉献、让步，有时自己也要吃最好的食物，为了自己去争取最好的东西；希望她能明白，只有先让自己发光，才能让家人灿烂闪烁。

希望你不再因为"过去的妈妈就是那样的""所有妈妈都是那样的""所以我也必须成为那样的妈妈"这样的观念，就认为自己也应该那样活。

妈妈，真心希望你也能好好爱自己。

妈妈最初的梦想并不是成为母亲

在我读中学的时候,经常听姥姥说这样一句话:"海珠呀,你以后跟大鼻子结婚吧。"

大鼻子?姥姥说的大鼻子指的是白种人,也就是让我跟外国人结婚。

"我不想跟大鼻子结婚……我喜欢韩国人。"

"为什么呀?你妈上学那会儿,天天写信,整天嚷嚷着要跟大鼻子结婚呢。"

为了弥补自己是文盲的遗憾,姥姥总是督促妈妈要好好学习。虽然听姥姥的话坐在书桌前，但妈妈并不爱学习，她只是坐在那里听广播、写信。当时妈妈最热衷的事情之一，就是幻想跟外国人结婚。

因为想跟外国人结婚，妈妈开始学习外语，还和笔友互通信件。以现在来说，就像粉丝给自己喜欢的偶像或者明星写信一样的心情吧。就这样，妈妈倾注着十六岁花季少女如花一般的心意，写下一封又一封信。我不禁好奇，当年那个少女在提笔写信的时候，是怀着怎样的心情呢？

妈妈说，她在写信时总是这样幻想着：跟外国人一起坐飞机去往遥远的国家，在海边举办婚礼。妈妈当时的梦想不是大家梦寐以求的护士、老师、公务员，也不是成为了不起的有钱人，而是找一个个子高、皮肤白，眼睛清澈明亮，有着像大海一样蔚蓝色的瞳孔，总是温暖地笑着看她，跟他在一起很舒服、总想去依靠的男人。她想跟这样的人组建家庭，再生个一半像他、一半像自己的孩子，养育着孩子，一起慢慢变老。那时的妈妈就是这样一个少女,做着朴素又可爱的梦。

仅仅是靠信件互表心意,就足以让妈妈羞红了脸。每次拆开信件之前,她的心总是怦怦直跳,深呼吸好几次才小心翼翼地打开信封。慢慢读着信里的内容,她时而笑起来,时而用手轻抚信纸上的字迹。珍藏在心里的梦一点点盛开,妈妈就这样度过了17岁、18岁、19岁、20岁,她的那段岁月也开出了香气浓郁的花。

就在那时,妈妈遇见了一个男人,与他步入了婚姻。但她梦寐以求的婚姻却跟自己梦想的一切背道而驰。她遇见的不是从16岁起就放在心里的那个可爱的人,而是一个典型的韩国男人。她的婚礼不是在海边举行的,而是在密不透风的礼堂中举行的。她的梦想就像沙堡一样,被无情的海浪卷走,消失得无影无踪,仿佛从未做过那样的梦。妈妈就这样走进了颠沛流离的生活。

一夕之间,少女成了妻子、妈妈、儿媳,不再有做梦的时间。就这样过了10年的光阴,只剩下一个没有梦想、不知该如何维生的女人，被丢在人生的茫茫大海中。

还没来得及好好做梦，或者为梦想去做些什么，妈妈就不得不把自己的人生抛到脑后。在那段完全失去自我的岁月里，她独自忍受着空虚寂寞。那时的她不知道自己喜欢什么，会因何而笑、为何而哭，又该做些什么。对于失去一切的她来说，只剩下作为妈妈的身份。但她说幸亏如此，如果那时连妈妈这个身份都没有的话，自己就会失去所有活下去的勇气。如果连这些都没有，那自己的人生到底算什么呢？

直到某一天，孩子们重新回到她的怀抱，而后又与另一个人展开了新的人生，她才发现自己的梦想改变了。

成为母亲并非妈妈最初的梦想，她也不是从一开始就不顾一切把自己的人生托付给某个人。她说自己现在终于明白，那段岁月最后留下的是陪在身边的儿女、伤心难过时能听自己倾诉的丈夫，以及完全接纳、包容自己的老母亲，守护如此宝贵的家庭，才是她的梦想。至于已到中年，依然还有时间和勇气做梦，她感到无比幸运。

在现在的妈妈身上，我依然能感受到那个做着梦的16岁少女的气息。她是如此可贵、安静又纤弱，仿佛一个拥抱就会把她折断。

希望妈妈从今以后不再做别人的梦，不要再说那些梦都半途而废了、已经晚了、实现不了了，因此选择放弃；希望妈妈能做只属于自己的、其他人都做不了的美梦；希望那些梦都能成真，我会永远支持她的梦想。

我喜欢妈妈的脸

现在这个时代真好,无论想念谁,都可以立刻拿出手机、平板等电子设备通过视频看到对方,虽然无法真正跟对方见面,但起码在那一瞬间,思念之情能得到些许缓解。

记忆里的妈妈,有20多岁的样子,也有35岁后直到现在的样子,唯独她30岁出头那几年的样子,我完全没有印象。

因为父母离婚,8岁的我跟弟弟被送到爷爷奶奶家,那是庆尚北道醴泉郡一个极偏远的乡下。记忆中,那是一间破旧不堪的传统韩屋,是用黄泥土和瓦片堆砌而成的,感觉随时都会倒塌。厕所是简易的茅坑,洗漱时要用手压水泵才能抽出水来,做饭得在灶台下烧火并用大铁锅,那时家里也没有冰箱。现在回想起来,那所房子给人的感觉就像回到了朝鲜王朝①。

那时,每天晚上我都以泪洗面,因为想念妈妈,也因为讨厌被子上的霉味,脏乱饭桌上不知放了多久变得干巴巴的泡菜、受潮的紫菜和掺了杂粮的米饭。好想妈妈,想念她洗得蓬松芳香的被子,还有整洁餐桌上煎得漂漂亮亮的鸡蛋卷和松软的米饭。最重要的是,总有一种再也见不到妈妈的不祥预感,这让我每晚辗转难眠。每当漆黑的夜幕降临,死亡般的恐惧便向我袭来,这让年幼的我痛苦不堪。

就这样过了好几个月。一天,我正一边吃晚饭,一边看电视。在一档类似《歌谣大战》的歌唱比赛节目

---

① 朝鲜王朝(1392—1910),是朝鲜半岛历史上最后一个统一封建王朝。——译者注(后文中如无特别说明,均为译者注)

里,选手们轮番登场,歌声婉转悠扬。不知到了第几个人,电视里出现的那位选手让我瞬间僵住了。

是妈妈,是我的妈妈,那绝对是我的妈妈。

四目相交的眼神,到底说了些什么,我是真的不知道,只知道心脏在扑通扑通跳。①

主持人在介绍妈妈时,说她叫周炫美,原来不是我妈妈。现在想想,那时的妈妈还真的跟歌手周炫美长得十分相像。

之后,我每天都在同一时间打开电视看这档节目,仿佛这样就真的能每天看到妈妈了,这种期待对那时的我来说是难以言喻的安慰。但实际上,我并不是总能见到周炫美,因为她不是我想见就会出现的。

我要是能上电视就好了,那就太好了。

---

① 韩国歌手周炫美1989年发行的歌曲《单恋》。

每当我想念妈妈的时候，就会把这首童谣改唱成：

妈妈要是能上电视就好了，那就太好了。

我一遍又一遍地唱着，直到找回内心的平静，直到想见妈妈的焦急之情平复下来。奇怪的是，我开始相信妈妈真的会来找我。"海珠啊"，她一边喊着我的名字，一边走进院子里。那股力量强烈到即使有人说月亮是正方形的，我也会相信，所以那首童谣成了我最爱的曲目，在我特别想念妈妈的时候会唱，想从这乡下逃去孤儿院的时候会唱，感冒发烧难受得要死的时候会唱，弱小的我和弟弟被村里其他哥哥欺负的时候也会唱，就这样唱了又唱。只要大声唱出这首歌，就仿佛被妈妈拥在怀中。

偶尔有朋友说，自己的妈妈越到中年越美，跟黄薪惠①、金喜爱②一样漂亮。然而我更喜欢我妈妈那张平凡的脸，不是特别美艳，而是平凡到仿佛一转眼就会忘掉。我很喜欢妈妈的这张脸，因为对于曾经的我而言，就是借着另一张相像的脸，才没有忘记妈妈的样子。妈妈的脸就是这世上的一切。

我爱妈妈那张并不特别的脸。

---

① 生于1963年的韩国女演员。
② 生于1967年的韩国女演员。

我很喜欢妈妈的脸。
不是特别美艳，
而是平凡到仿佛一转眼就会忘掉。
我爱妈妈那张并不特别的脸。

以母之名

妈妈的朋友允子阿姨经常这样说:"你妈是现在才变得这么坚强的,在你们小的时候,她还整天哭哭啼啼呢。我一说她,她就立刻眼泪汪汪,我因为这事可当了不少次坏人呢。"

允子阿姨说,我妈刚结婚的时候,有个绰号叫"爱哭鬼"。哪怕只是芝麻大点儿的事,只要有人说她,她就一脸委屈的样子,豆大的泪珠就"啪嗒啪嗒"往下掉。

只见过妈妈充满活力、爽朗直率的样子的人,很难想象过去的妈妈是个爱哭鬼吧?而且据说那时的妈妈很会撒娇，也总能逗大家笑，很会活跃气氛。所以妈妈现在的朋友听说她过去是个爱哭鬼时都颇为震惊：

"怎么可能，你确定那是大嫂吗？"

"姐，你别骗我了。"

"这说的真的是你吗？"

的确，我的妈妈不仅一点儿都不强势，反而很重感情，还因此总是受伤，眼泪更是多到轻轻一碰就潸然落下；她情感丰富，看电视剧的时候，一个个场景总能让她湿了眼眶。这就是我的妈妈，看到别人痛苦，自己也会难过。无论是看人还是看动物，她的眼神总是那么温柔。人也好，动物也罢，只要来了我家，妈妈就不会让他们空手而归。

爸爸妈妈在乡下的家里养了 2 条大型犬和 11 只猫。之所以养了这么多猫，是因为妈妈对动物无微不至的爱，她总是说要可怜这些不会说话的家伙。

有一年夏天，我正在乡下的家里赶稿，突然听到外面传来"喵喵"的叫声。从客厅窗户看出去，发现是一只流浪猫在我家院子里叫唤着踱来踱去,它的叫声听起来凄凉极了。

"这猫怎么叫成这样?它可能是饿了。"

妈妈赶忙走进厨房,将早上我们吃剩的饭和鱼肉搅拌在一起,然后拿到院子里来。

"小猫咪,过来,给你吃饭。你是不是太饿了所以才跑到我家来的?"

妈妈把碗放在流浪猫的身边,为了让它放下戒心,她还退开一段距离。一人一猫之间顿时弥漫着紧张的气氛。几分钟之后,那只猫可能觉得安心了,就放松了警惕,轻手轻脚地走向妈妈放下的食物,吃得津津有味。妈妈用充满爱意的眼神看着这只猫咪进食,连连说道:"看,真的是饿坏了,多吃点儿。以后要是饿了就再来。"

那只流浪猫吃完饭一溜烟地跑了。

第二天,院子里又传来"喵喵"的叫声。往外一看,正是前一天妈妈喂过的那只流浪猫。难道是听懂了妈妈说的"饿了就再来"？不仅如此，这次它还带了朋友一起来。

妈妈像是等待已久似的，赶紧准备好食物拿到院子里。就这样过了一天、两天、三天、四天……每天都有猫咪来我家报到。后来爸爸更是在院子里给这些猫咪搭了窝。看着他们夫妻俩的样子，我也只能在一旁笑笑，毕竟妈妈是不会听劝的。再后来，慢慢地我家就住进了 11 只猫，已经变成剩饭都不够、只好买猫粮来喂了。一到饭点，还能见到 11 只猫齐声叫唤的有趣景象。

这就是我记忆中的妈妈，一个连动物都能感化的妈妈，但是，曾经有一段时间妈妈的性格发生了变化，也就是妈妈离婚之后到再婚之前的那段时间。因为那时的她知道，一个爱哭的、软弱的、离异的女人太容易成为别人利用的对象了。

曾经，妈妈和一位挚友一起创业卖啤酒，最后却被深信不疑的伙伴背叛，妈妈不得不背下所有债务。那时的她唯一的选择就是让自己变得强大，她不再以泪洗面，而是拼命地卖啤酒。那时有位壮硕的男客人，看妈妈是女老板就想喝霸王酒，不付酒钱就跑，妈妈毫不畏惧地追上去向对方索要酒钱，两人甚至还动起手来。厮打到最后，男人还是不肯付钱，妈妈抱住他的腰不放，结果被男人掰断了手指。在那样的日子里，妈妈下定决心要咬紧牙关挺过去，因为她还要养育一双儿女，以及帮助她照看孩子的老母亲。

不知不觉间，她从一个小女人，渐渐变成了必须守护家人的一家之主，必须为孩子们负责的妈妈。风华正茂的那个年纪、那抹时光、那段岁月，妈妈彻底抛弃了人生中唯一一次被允许作为"女人"而活的时间，只顾着马不停蹄地向前奔跑，因为只有她坚持住了，才能守护一切。妈妈默默经历着必须隐藏起自己柔弱内心的那些岁月，不断磨炼自己。在崩溃到想要放弃的日子里，她就会借着一杯烧酒来抚平心绪，重新坚定活下去的决心。她就这样从一个女人变成了坚强的妈妈。

偶尔会有新结识的朋友说妈妈爽朗的性格"很酷"，

但其实妈妈的内心是十分柔软的。

在望向跑来我家的流浪猫那温暖的眼神中,在端给客人的热气腾腾的饭菜里,在即使自己过得不尽如人意也看不得别人受苦的善良中,都能感受到妈妈特有的至诚之心。

我的妈妈偶尔也想靠在丈夫肩膀上休息片刻,看到漂亮的高跟鞋或裙子也会兴奋不已,听到丈夫夸自己漂亮嘴角便会不自觉地上扬、洋溢出笑容。她就是世界上最普通、最平凡的一个女人。

我的妈妈一点儿都不强势。
她偶尔也想靠在丈夫肩膀上休息片刻，
看到漂亮的高跟鞋或裙子也会兴奋不已，
听到丈夫夸自己漂亮嘴角便会
不自觉地上扬、洋溢出笑容。
她就是世界上最普通、最平凡的一个女人。

世界上最宝贵的双手

我的老师同时经营着出版社和咖啡店,最近咖啡店格外繁忙:需要提前一天采购食材,当天一大早就要到店里亲手做三明治,接待客人点单,还要制作饮品。一整天忙碌下来,她的双手就没有干的时候,即使有护手霜也不能用,因为要一直做三明治和饮品。当一天的工作结束后,她才发现双手变得干燥粗糙,这才涂起了护手霜。看到这一幕,我不禁想起了妈妈的双手。

我妈妈的手其实很不好看,长满了厚厚的老茧,手心手背都粗糙得像砂纸一样。我从来没见她涂过护霜。妈妈和老师一样，都没有涂护手霜的时间，因为她不是在干农活儿就是在做家务，手就没有闲着的时候。

每次妈妈来首尔，都会去理发店换个发型调节心情。某次，店长正跟妈妈聊到兴头上时，瞥见了妈妈的手："哎呀，你的手怎么变成这样了（同时把自己的手给妈妈看），我还是做美容美发的呢，你的手怎么比我的手还要粗糙啊？"

听了这话，妈妈赶紧看了看自己的手，有些不好意思地支支吾吾起来："在乡下生活……都这样呗……"

妈妈尴尬地笑着，轻轻搓着自己的手。那是我第一次看到她如此慌乱的样子，平时的妈妈总是充满自信，而让妈妈如此不自信的竟是她的手。也许觉得那双手就像自己经历的艰难的生活一样，理发店店长无意间脱口而出的一句话，就让妈妈的自信扑通一声摔落在地。

回家的路上，我紧紧地牵着妈妈的手，那双温暖的、柔软的手。妈妈望着我，脸上扬起了笑容。那天，我握住妈妈的手轻轻地晃着，在街上绕了一大圈才回家。

妈妈用那粗糙的双手养大了自己的孩子；用那双砂

纸一样、从不休息的手,年年种出丰硕的果实;用那双手端出一碗碗热气腾腾的饭菜,把家里收拾得干干净净;用那双手拥抱偶尔伤心难过的孩子们,以此来安抚他们。

妈妈那双饱经沧桑的手,对我来说就是世界上最宝贵的手。

妈妈偶尔也会感到无力

"闺女,我现在过去能见着你吗?"

"当然可以啊。"

"答应得这么痛快?那就请我吃点儿好吃的吧。"

看到妈妈说让我请她吃点儿好吃的短信,我突然感觉胸口一堵。这是妈妈第一次让我请客。难道是有什么事吗?我赶紧拨通妈妈的电话。

"闺女,怎么啦?"妈妈的声音听起来好像比平时略显低沉。

"妈,出什么事了吗?"

接着是短暂的沉默。就是这阵沉默,让我知道妈妈肯定出了什么事。

"怎么了呀?有什么伤心事吗?"我接着问。

妈妈努力装作若无其事地说:"没事,就是觉得什么都让人心烦。你爸、你姥姥让人心烦,孩子们都大了,感觉自己也没什么用了。想一个人去远一点儿的地方走走,又没地方可去。反正就是想出门,那就去城里吧。先别告诉你姥姥,这次我不打算去她那儿。"

在丈夫、老母亲和孩子都让她感到心烦的时候,妈妈最后找的还是自己的女儿。两个多小时后,我跟妈妈在一家啤酒屋里相对而坐。她看起来很生气,眉头紧锁,一连喝下好几杯啤酒,我都来不及阻拦。

"你爸是没了我就什么都不会干。还有你姥姥,只要不高兴就给我打电话拿我撒气。你们姐弟俩也是,就算工作再怎么忙(妈妈使劲张开五根手指),手指头是断了吗?怎么一个电话都不打给我,你们对我是完全不闻不问吗?"

委屈不甘、愤愤不平,还有一丝心寒,妈妈的情绪像瀑布一样倾泻出来，也不知道这些情绪她到底积压了多久。我静静地听完妈妈心中的不忿，问道："李女士，到底是什么事情让你这么生气？"

妈妈欲言又止，我看着她说道："爸没了你就什么都不会干，那是你惯的；至于姥姥呢，其实你有时候对我也那样；孩子们忙着工作，不是不想着你、不关心你，而是真的忙到连上厕所的时间都没有。"

妈妈听我这么说，反而更激动了："你以为我是真不懂才这样吗？就是因为都懂，我才这么生气呀。你以为我来是想听你说教，才跟你坐在这儿的吗？不用你说我也懂，所以才更气的呀。你们几个都一个样。"

原来如此，不是想听我说教才来找我。听了这句话我才明白，妈妈并不是因为具体的某件事而生气，她只是希望自己对生活极度愤慨的心情能得到理解和认同，只是瞬间对自己所处的境况感到倦怠和厌烦。

她说前几天干农活儿坐下来休息时，不经意间看了看自己的模样，满是老茧的双手，肿胀的小腿，晒得干巴巴的皮肤和头发……这么拼命地干农活儿都不知道是为了什么，也不知道干到什么时候才是个头，自己在这里的意义又是什么……这些莫名其妙的情绪突然就钻进了妈妈的内心深处。

没有什么特别的理由，也没有什么事让她感到格外委屈和难过，就是对自己生气，也不知道到底为什么突然就有了那些感受。妈妈只觉得那是"事事不顺"的一天，是被自己压垮的一天，是不发泄一下就无法疏解、就难以找回内心平静的一天。

那一天我突然明白了，妈妈也有想要放下重担去依靠别人的时候。在这样的日子里，也许她不想做谁的妈妈、谁的妻子、谁的女儿，只想做她自己。只要一天就好，脱下妻子的外衣，抛开总让她单方面付出爱意的孩子们，也从爱操心的老母亲的阴影中暂时走出来，喘口气，歇一会儿，好好放松放松。

也许妈妈需要的，是不被任何人妨碍的、不受任何人干涉的、只属于她自己的一段时间。

妈妈也有想要放下重担
去依靠别人的时候。
在这样的日子里,
也许她不想做谁的妈妈、
谁的妻子、谁的女儿,只想做她自己。

第 2 章

日子过着过着，
就爱上那个人了

那个女人温暖的名字，
李熙静

虽然世界上没有人喜欢吃亏，但偶尔我会觉得，我的妈妈就是那个喜欢吃亏的人。她总是吃亏、遭遇背叛、被人骗，可奇怪的是每当经历这些事，几天后，她又能重新振作、精神焕发，也不知她是真的没事还是强装洒脱。

这样的她，我猜不透，而她总会说："俗话说，讨厌的家伙要多给他一块年糕嘛。"

不仅如此，在我跟别人闹别扭、发生矛盾，愤而向妈妈发牢骚的时候，她也会说："讨厌的家伙要多给他一块年糕。"

我是真不懂吗？只是比起理性的思考，自己那狭隘的心胸难以接受而已。

妈妈对她身边的人很好。只要有好吃的、好用的，总是张罗着分给别人，好像不分出去就会浑身难受。我送给妈妈的高级面霜，她也全分给别人用了；妈妈腰都快累断了才腌好的泡菜，也送给了全村的人；邻居阿姨只要说想吃妈妈做的东西了，妈妈会马上开始行动做给阿姨吃。明明在给别人干活儿，她却总是乐呵呵、喜滋滋的。看着那副模样的她，我常常感叹这真就是妈妈的天性，要是不让她做，可能真的会憋出病来。

细细回想姥姥和妈妈的故事，妈妈的这种性格就是从姥姥身上遗传来的，因为她就是从小看着乐于分享的姥姥长大的。

姥姥独自一人抚养妈妈，就算自己的日子过得不宽裕，也不会对有困难的人视而不见。走在路上，看到流浪街头的乞丐，姥姥会把对方带回家里，让他洗漱更衣，再做一顿热腾腾的饭菜让他饱餐后再走。曾经妈妈很讨厌姥姥这样，也对姥姥的行为极其不解。不仅如此，早年姥姥在饭店工作时，偶尔遇到没钱吃饭的人，她就会自己掏钱请那人吃；在银行做清洁工时，如果看到手头拮据、没钱买便当的人，她就把自己的便当送给人家吃；还有一年冬天，姥姥最小的妹妹被人追着讨债，身无分文地跑来向她求助，姥姥看她可怜，脱下自己刚买来的唯一一件棉服，让她穿走了。周围的人给姥姥起了个外号，叫"心如绸缎的刘阿姨"。

心如绸缎的刘阿姨整天挂在嘴边的一句话，就是"讨厌的家伙要多给他一块年糕"。妈妈读初中的时候，有一天被同学惹得不开心了，回家跟姥姥诉苦，结果姥姥不仅没有安慰她，反而说"讨厌的家伙要多给他一块年糕"。妈妈听了这话，委屈地大哭起来："明明是讨厌的家伙，为什么要多给他一块年糕？""应该把那家伙手里的年糕都抢过来才对。"姥姥把稚气的女儿抱在怀里一边哄着，一边说道："熙静啊，你是不是不知道为什么要多给讨厌的家伙一块年糕？要听听妈妈的故事吗？"

姥姥讲起了她在银行当清洁工时的上司。这位上司不仅在工作上刁难姥姥，而且还用语言攻击姥姥，仿佛变成寡妇也是姥姥的错，只要是姥姥做的，每一件事他都要故意挑毛病。然而，姥姥从来没有对那个上司皱过一次眉头，反而更加以诚相待，有好吃的都会给上司带一份，偶尔碰面的时候，还会主动帮忙冲咖啡。

后来某天，上司被解雇了。上司跟所有的同事道别后，找到姥姥，一把握住姥姥的手，含泪说道："阿姨，我之前太刁难你了吧？对不起。也谢谢你对我这样的人还那么好。"他在姥姥面前连连鞠躬道谢。

听了姥姥的故事，年幼的妈妈擦干了眼泪，自那之后，就算被人欺负得再厉害，也很快就释然了。妈妈说那时她学会了如何把一个人作为人本身去爱，也学会了常怀悲悯之心。

现在的妈妈还是很容易被人利用，甚至时常遭到无情背叛，但她依然保有热爱分享的心。每当遇到不好的事情时，妈妈就会告诉自己："也许他们有不得不这么做的理由吧。讨厌的家伙，算了，大不了我再多给他一块年糕嘛。"然后就此放下,重新振作起来。妈妈就是这样,已经记不清她把年糕多给过多少人。

妈妈把自己拥有的一切都分享给别人,却仍然笑得那么开心。看着妈妈的笑脸,我有了这样的想法:那些多拿了妈妈年糕的人,有一天会不会稍微理解这样的心情呢?不过就算不理解也没关系。

就算全世界的人都忘记了,我也会记得那个温暖的名字,李熙静。

日子过着过着，就爱上那个人了

每次结束一段恋情，我都会举行一场属于自己的"告别仪式"，让自己沉浸在失去和忧伤的情绪中，每天晚上抱着啤酒又哭又闹……这样的日子持续几天后，我就会厌倦自己这种可怜样，然后逃回尚州老家。回去的路上，我想象着妈妈会温暖地迎接因分手而伤心的女儿。

然而，大多数时候这样的妈妈只存在于想象中。实际上，她对我的恋情并不怎么关心。如果只是不关心还好，她还总在我分手的时候火上浇油："你怎么这么不走桃花运啊？也是，你就没有看男人的眼光（叹气）。"

果然还是白回来了。我知道我没有看男人的眼光，但我不是为了非要听这种话才回来的。所以每当这时，我都恨不得找个地缝钻进去，等这股情绪彻底过去了再出来。

虽然也想过立刻拿上行李回首尔，但我还是按捺住自己，走进房间，蒙着被子痛哭起来。过了一会儿，妈妈打开我的房门，若无其事地说："起来吃饭了。"

吃饭，这时候哪还有心情吃饭，我不禁在想：妈妈到底经历过爱情吗？

我红肿着眼睛坐在餐桌前，有一口没一口地吃着，妈妈看着我的样子说："好好吃饭，别跟丢了魂儿似的。不过是跟一个臭小子分手而已，有什么大不了的，至于哭得眼睛都肿成一条缝吗？"

那一瞬间，妈妈的话仿佛化作一把把锋利的刀刺向我。我从冰箱里拿出一罐啤酒，咕咚咕咚灌下肚，努力压制上涌的怒气，问妈妈："妈，你真心爱过一个人吗?"

妈妈吃着饭的手停顿了一下,随即又淡定地动起勺子,对我说道:"我们这一辈人的爱情可跟你们不一样。"

"那你为什么跟现在的爸爸一起过?"

"这个嘛……"

妈妈看向正在果园里干活儿的爸爸,说道:"日子过着过着,就爱上那个人了。"一起生活久了,自然就爱上了。

记忆中的妈妈每一天都是忙碌的,清晨要去送报纸和牛奶,剩下的牛奶就带回家给年幼的儿女喝。这些事做完后,她会在家里做副业,给玩偶粘眼睛或者折纸花,这也是妈妈那双手长出老茧的原因。

妈妈的前夫(我的亲生爸爸)很无能,结婚近十年,几乎没有认真工作过,比如上六个月的班就要歇一年,据说一直如此。因此,养家糊口就成了妈妈的事。直到对那种生活感到疲倦的时候,妈妈才提出离婚,然后遇见了现在的丈夫。

妈妈现在的丈夫那时是个寡言少语、一心只知道工作的人，不会喝酒，也不会开玩笑。他向妈妈表白心意，说想要一起生活的那天，妈妈点头同意并握住了他的手，因为觉得这个男人应该不会让家人忍饥挨饿。极度无能的前夫给妈妈留下了阴影，所以从离婚那一天起，她就下定决心，如果以后再跟人交往，一定要找生活能力强的男人。

妈妈选择的是生活能力强的人，而不是更加疼爱她的人，转眼间跟这个男人一起生活已经20多年。

跟媒人介绍的前夫匆忙地结婚，又为了生活不停地操劳，再到离婚，她都没来得及让爱情萌芽。后来，又为了能成为更好的妈妈，把孩子们从乡下接来身边一起生活，她拼了命地工作。然后又遇到了一个男人，对这个男人她并不指望爱情这种奢侈的东西，只要不让自己的家人忍饥挨饿就足够了。这就是妈妈迄今为止的婚姻故事。

妈妈说，日子过着过着，她就爱上了现在的丈夫，慢慢地发现这个人哪个方面都不错，而且偶尔还让人感动。不错，很好，这个人挺好的，是个好人，这样想着想着，"不知什么时候就爱上了"。

并非只有轰轰烈烈的才是爱情。以前不懂的爱情之路，妈妈正跟现在的爸爸一起缓缓地在上面向前走着。我的妈妈就这样成了一个被爱着的女人。

跟妈妈面对面坐着，一边喝啤酒，一边听她轻声细语地讲着自己的故事，不知不觉间，我的分手后遗症消失了。那天的妈妈在我眼里，成了世上最可贵、最美丽的女人。

看着那样子的妈妈，我在心里高声呼喊："为妈妈今后的爱情，干杯！"

伤痛变成花朵的时间

世界上存在着无数种伤痛：在某人不经意说出一句话的时候，在心爱的人没有为我着想的时候，在为如冤家似的金钱所困的时候，在为人际关系所累的时候，在感觉自己孤独和渺小的时候……

我的妈妈也是如此，尤其是我这个女儿让她受的伤最重，或许是因为她对我有种莫名的期待吧。总之，妈妈心里大大小小的伤痛，都与我有关。

妈妈是个对受伤十分敏感的人，会立刻表现出来。只要遇到让自己受伤的事，眼泪就会掉下来，也不知道她哪来的那么多眼泪。可能因为太讨厌妈妈哭的样子，就算遇到会让自己流泪的事，我也会努力强忍住眼泪。

妈妈的伤痛都是有故事的，尤其是在我和弟弟还小，她不得不把我们放在乡下的那段时光。一次，家里人聚在一起，趁着晚饭小酌了几杯后，妈妈突然提起了往事，说道："我都没能为你们做些什么……当妈的我就只有这副德行……"说着说着便泪流满面。

早已过去的不堪往事，恨不得一辈子从记忆里抹去的伤痛，为什么还非要主动提起呢？回忆能改变什么吗？能回到过去改正错误？能让往事消失无影吗？

我实在听不下去，板起脸说道："妈，你别说了。那些陈年往事，为什么又要提起？多说几遍就会不一样吗？"

妈妈脸上挂着泪珠，看着我说："等你以后当了妈就知道了，你这冷血无情的臭丫头，没有一点儿人情味的臭丫头。"

到这里，妈妈的伤痛也告一段落了，接着又数落女儿，开启了新一轮的倾诉。在我眼中，妈妈似乎一直活在过去的伤痛里。

妈妈说我是"冷血无情的、没有一点儿人情味的臭丫头",其实这句话也是她传达给我的她的心声。不知从何时起,妈妈总爱在我耳边念叨邻居家女儿的事情:"她家闺女一到周末就跟男朋友一起回来,又帮着干活儿,又陪着聊天……"

每次听到这些,我总会冲妈妈大发脾气:"我跟她家闺女能一样吗?你每天就知道说自己苦、自己累,我过得好不好,是做什么工作养活自己的,对这些你压根儿就不关心吧?"

"行了行了,我都不敢说话了,指望你还不如靠我自己呢。"妈妈立刻打断我的话。

虽然知道妈妈正处在更年期,偶尔会心情不好,需要被安慰,她希望女儿能陪在身边,但我确实没给过她几次真心实意的安慰。明明很会理解、安慰别人,却不体谅自己的妈妈,我真是个不孝的女儿。

看着那样的妈妈,总莫名有些愧疚、心疼又惋惜的感情涌上我的心头。

直到一件意料之外、让我遍体鳞伤的事发生。那件事对我的打击太大，导致我脑袋一片空白，更不知接下来要怎么做。当时的我只会呆呆地坐着痛哭，那时的无助与烦闷，让我快要窒息，于是便在深夜拨通了妈妈的电话。

"喂？"

听到妈妈被电话吵醒的沙哑嗓音，我的眼泪夺眶而出。

"妈……"

"怎么了？闺女？出什么事了？"

因为太过伤心，那天我并没告诉妈妈到底发生了什么事，只是抱着电话哭了两个小时。

后来，听妈妈说那天晚上她彻夜未眠，想着从不叫苦叫累的女儿，是受了多么大的委屈或者伤害，才会在深夜突然给自己打电话。她既心疼女儿，又自责没能在女儿身边为她擦眼泪、替她撑腰，也懊恼自己没有了解清楚究竟发生了什么。

也许妈妈的伤痛都有我的原因。因为没能照顾年幼的女儿而受伤，因为想被女儿爱而受伤，因为想跟女儿交心而受伤，因为想跟女儿再亲近一些而受伤……所以哪怕找尽各种理由，不管流下多少眼泪，她都想和女儿见上一面。

也许正是这些大大小小未曾得到安慰的伤痛，让妈妈的心田绽放出五彩缤纷的花朵。有时她是那么光彩照人。因为自己受过伤，所以才能看到别人的痛苦，这就是我的妈妈。

我的妈妈是个伤痕累累的人。

希望妈妈的那些伤痛可以扎根入地，白天沐浴阳光，倚着微风摇曳小憩，晚上吸收漫天星空中最美好的光芒，开出美丽的花朵。愿这朵名为妈妈的花，化作世间最温暖的气息，弥漫在每一个角落；愿花的光芒一缕一缕洒向所有的忧愁与伤痛，给予妈妈拥抱和抚慰。

希望伤痛变成花朵的那段时间，是妈妈最幸福的日子。希望这些伤痛都能成为世上最耀眼的花朵。

也许妈妈的伤痛都有我的原因。
因为没能照顾年幼的女儿而受伤,
因为想被女儿爱而受伤,
因为想跟女儿交心而受伤,
因为想跟女儿再亲近一些而受伤……
所以哪怕找尽各种理由,
不管流下多少眼泪,她都想和女儿见上一面。

爸爸喜欢长头发

妈妈每次来首尔的必办事项之一,就是去理发店修剪一下长长的头发,再染上新的颜色,但头发长度总是保持不变。与妈妈同龄的人,大部分都嫌长发不方便又不好打理。我便好奇妈妈为什么要留长发,于是问道:"妈,打理头发不麻烦吗?"

"怎么不麻烦,简直麻烦死了。但是没办法呀,你爸喜欢长头发,坚决不让我剪成短发。"

就算长头发打理起来很麻烦,也很费劲,在炎热的夏天更是碍事得不得了,但她甘愿承受这一切。其背后的力量,正是"你爸喜欢长头发"。这一句话就能让妈妈瞬间成为女人。

妈妈说得云淡风轻,我却心潮澎湃。原来妈妈也是有女人一面的,在爸爸面前,她就变成了女人。更重要的是,她想要成为一直被丈夫爱着的女人。

如今回想起来,妈妈每次换发型总是先问爸爸:"怎么样?"爸爸笑着回答:"今天很漂亮呢。"她便会一脸害羞地轻轻摸着自己的新发型:"是吗?看来今天的发型做得不错呀。"只要被爸爸夸赞漂亮,妈妈就会高兴一整天,甚至还会哼着歌,像极了刚开始恋爱时的模样,看上去幸福极了。如果妈妈新做的发型,爸爸说不好看,她就会十分难过。

那是四年前的初夏。妈妈正在纠结这次要怎么换发型、做成什么样子,我试探着问她干脆直接剪成短发怎么样。妈妈立刻拒绝道:"那可不行,你爸不喜欢短发。"

妈妈如此干脆地拒绝,一点儿商量的余地都没有,这让我突然就冒出一股莫名的好胜心,这次一定要让妈妈把那头令人烦恼的长发剪掉。

"妈,光顾及爸喜欢,什么时候才能剪啊?这次直接剪了吧,你不是也嫌长发麻烦嘛,而且你以前短发的样子可漂亮了。"

听我这么说,原本坚定的妈妈开始有些动摇了。

"是吗?那就……剪了?唉,你爸要是不喜欢怎么办?"

"怎么会呢,在爸的眼里无论你什么样都是漂亮的,想想看他手机里给你存的名字是什么?是'亲爱的熙静'!所以,亲爱的熙静就剪个头发,他会说不好看吗?"

妈妈犹豫了一会儿,终于下定了决心说:"是……吧?好,那这次就尝试剪短发吧!"

那天,妈妈果断地做出决定,要把长发剪掉。剪刀发出"咔嚓咔嚓"的声音,我心中的烦闷仿佛一起被剪掉了。换上清爽的短发,妈妈对着镜子左看右看,似乎很满意地笑了,但这份好心情没能持续多久。

妈妈回到乡下的第二天，我好奇爸爸的反应，便给她打去电话询问："妈，爸怎么说？是不是说很好看？我觉得你现在这个短发比之前好看多了。"

然而妈妈的声音听起来却有些闷闷不乐："哪里好看了，你爸说一点儿都不好看。"妈妈越说越沮丧。

"啊？他说不好看吗？为什么？明明很好看。"

"不知道……你爸说他就是喜欢长头发，他就是觉得长头发最好看，所以我都说了不剪嘛……"

不论女儿再怎么夸好看，不论周围所有人再怎么说她的新发型显得更年轻了，妈妈也一点儿都高兴不起来。因为妈妈真正想取悦的对象并没有夸赞她。妈妈一定想象过，爸爸看到她的新形象大吃一惊，然后夸她很漂亮，这样的想象也一定让她心怀悸动。然而想象被彻底粉碎和悸动如风卷残云般消失的空虚感，让她心灰意冷。

想让心仪的对象觉得自己漂亮，是女人的本能；期待那个人能理解并欣赏自己的这份心意，则是女人最大的梦想。

不论是我这个女儿，还是姥姥这个妈妈，都无法做到的事，就是让她成为一个女人，而不只是一个母亲、一个女儿。让她以女人之姿生活的力量，正是来自我的爸爸、她的丈夫的爱。

对于曾经没有丈夫，还被贴上"离婚女"标签的妈妈来说，爸爸的存在本身就是巨大的安慰，因为这让她的人生重新变得完整。现在我懂了，只有爸爸能让她完完全全成为一个女人。

面对爸爸，妈妈一辈子都想做"亲爱的熙静"。

妈妈说，
她也会感到孤单

几年前，姨妈搬到了乡下爸妈家附近居住。在这之前，两家因为一些矛盾，关系并不算好，姥姥也因为姨妈对妈妈说过重话，"你是妹妹，你得对姐姐好一点儿""对你姐姐说话不要那么难听""还不都是因为你脾气不够好"……于是有一天，妈妈爆发了。

"我就是不会说话，我就是自私，在你眼里我就那么坏吗？我到底哪里做错了？每次有好东西我都是最先想到你们，还要我怎么对她好？"

接着妈妈跌坐在地，号啕大哭起来，她一边哭，一边说:"一直闷不吭声的我才像傻子一样,什么都不说,默默隐忍着,可有谁知道我心里有多难受。"

妈妈借此机会把心中的不满都说了出来。她说自己也会委屈、难过、心情不好、生气、发火、有情绪,也有别人都会有的感受。过去默默隐忍,不是因为觉得忍耐才是美德,或者喜欢忍耐,而是觉得自己只要忍耐一下,就会好了。所以有时也是强忍着心中的怒火,在无法言说的痛苦中备受煎熬。

说到最后:"在这个家里我都要孤单死了,有谁明白我遇到什么事都开不了口,只能紧紧闭上嘴的心情?你们要是有人明白,那就说说看。"

妈妈说,她也会感到孤单。

从乡下回到首尔几天之后,突然下起了绵绵细雨,让人莫名变得多愁善感。我突然想起了爷爷奶奶乡下的老家。每到下雨的日子,我就会坐在廊檐下,铺好报纸,把卡式炉拿出来,一边看着房檐滴落的雨水,一边吃奶奶做的煎饼。当时好像拍过照片,不知道现在还留着吗?突然想看那张照片了,便拿出相册翻找起来。打开相册,一张照片瞬间映入眼帘。

那是妈妈站在某个公园中拍的照片,身旁是尚未记事的我,刚出生不久的弟弟躺在婴儿车里。照片里的妈妈没有笑容,反倒有些许疲惫。我静静地看着照片,心想这应该就是妈妈说过的那段时期。

在我和弟弟分别只有5岁和2岁的时候,妈妈的前夫以赚生活费为由去了塞班岛[①],整整两年没有回来。也许妈妈的孤单就是从那时开始的。为了排解那些日子的孤单,她常跟附近的阿姨们玩每输1(韩)分就付10(韩)元的花牌[②],晚上就抱着年幼的儿女做折纸花的副业,周末则去参加由社区举办的共餐活动。

然而这样自我安抚的日子也没能维持多久,很快妈

---

① 位于太平洋西部的一座岛屿,是美属北马里亚纳群岛联邦的最大岛屿和首府所在地。
② 起源于日本的一种纸牌游戏,也有花图、花札等名称,根据不同的牌面计算分数。

妈就撑不下去了——每每带着年幼的儿女在外面吃一次饭,周围那些有丈夫陪伴的家庭就会映入眼帘;每当年幼的我和弟弟其中一个生了病,她就得独自咬牙苦撑;女儿在幼儿园表演节目时,她只得背着更年幼的儿子,去为女儿加油。这样的日日夜夜、桩桩件件,都必须靠妈妈一人撑下来。

终于等到丈夫回到家的那一天,妈妈满心以为这段艰难岁月会就此结束,然而她的期待又一次破灭了。她只好代替无能的丈夫承担起一家之主的责任,不分昼夜地工作,养育孩子。尽管现在丈夫在身边,但她的日常生活没有任何改变,甚至还不如他不在的时候。

渐渐地,妈妈学会了沉默与隐忍,把一句句想说的话都压在心底,到后来她甚至已经忘记了,该如何向人袒露心扉。就这样日复一日,年复一年,她的心已经没有空间来倾听真实的心声,也没有多余的心力来对谁付出。于是妈妈的孤单感比海更深,比秋日落叶更加凄凉。

或许正因为如此,不知从什么时候开始,妈妈变得话多起来，讲起自己的事总是滔滔不绝。

妈妈的话一天比一天多，因为以前的她很孤单，那些只能堆积在心中的千言万语，现在不管是谁，她只希望有个人能听她诉说。

妈妈长久地背负着孤独，也许一直在等待孩子们长大，盼着我们能听她说说话。可这一次，她的期待又落空了。长大成人的孩子们都忙着过自己的日子，即使有空也没将时间分给她。每当妈妈有任何提议时，得到的答复总是今天因为这个原因不合适、明天因为那个原因不合适，总之就是没法听取她的提议。久而久之，她才不分时间地点，只要身边有人，就赶紧打开话匣子。

妈妈的心里至今仍有尚未说完的孤单，她的那份孤单仍处于现在进行时。

对妈妈来说，
女儿是怎样的存在呢

"闺女，你姥姥不接电话，不会有什么事吧？你去看看。"

"你弟弟是不是有什么事啊？我给他打电话，他的声音听着不太对，你打个电话问问。"

"闺女，你妈我啊……"

"闺女，这个事……"

"闺女，那个事……"

妈妈很喜欢托我给她办事，但大部分都是让人有些为难却没法说"不"的事。特别是在我忙得焦头烂额的时候,这种事情总是来得更加频繁。

那天,我不仅要准备节目的录制,还要改稿,忙得不可开交。桌子上的手机突然振动起来,我以为是与节目有关的电话,赶紧拿起来,一看,是妈妈的来电。犹豫了几秒,我还是接起了电话。

电话一接通,妈妈立刻火急火燎地说:"闺女,出大事了,你姥姥怎么都不接电话。她从来没这样过,不知道是不是出了什么事……"

真可谓绝妙!为什么每次在这种状况下、这样的时间点上,妈妈的电话内容总是一模一样呢?我对她这样的电话已经见怪不怪了,漫不经心地回答:"估计是摘了助听器在睡觉吧。她摘了助听器不是什么都听不见嘛。"

听了我的话,妈妈依然没有排除最坏的可能性,说道:"那也不至于完全听不见吧?以前没有发生过这种情况……要是出了什么事可怎么办……不会是又在哪儿摔了一跤,被送去急诊了吧?"

一年前的冬天,姥姥在冰上滑倒,摔断了胳膊,被救护车送到医院,当时接到医院电话的妈妈吓坏了。可能是想起了那天的事,妈妈更担心了。但此时我的脑海中已经没有一丝空间能让那天的回忆挤进来,我的心思已经彻底跟妈妈的担心背道而驰,只想着"得挂电话专心准备节目了",于是找准了挂断电话的时机:"妈,你给姥姥的邻居顺子奶奶打电话了吗?让顺子奶奶帮忙去看看吧。"

而妈妈给我的答复一如既往:"闺女,我还是很担心……你去一趟不行吗?"

又是一模一样的话,"闺女,你去干吗干吗"。虽然瞬间火冒三丈,但我还是压下这股怒火,耐心解释:"妈,我现在去不了。马上要录节目了,我怎么去啊。给你大儿子(弟弟)打个电话让他去吧,而且从距离上来说,他过去(弟弟住在姥姥家附近)比我从首尔过去更快呀。"

"他也在工作嘛……"

正是这句我听过无数次的话,让我终于爆发了。

"那我呢?我在闲着吗?你要那么担心就自己去,要不你就跟姥姥一起住,不然你和爸就搬到姥姥家附近,现在我能怎么办？"

我越说越气，眼里噙着泪，又滔滔不绝地冲妈妈发起火来："我是你的代理人吗？别再使唤我了。我知道你在乡下，这时候也很着急，但我马上就要录节目了呀，你觉得我有三头六臂吗？"

分不清我是在哭还是在气，妈妈听了许久才开口："对不起，闺女……是我只想着自己了，一点儿都没体谅你还在工作。我再找找姥姥身边的人，你先忙吧。"

挂断电话后，我不仅没有感到松了一口气，反而更加心烦意乱。到洗手间用凉水洗了洗脸，稍微冷静一下，我拨通了弟弟的电话。

"你现在忙吗？要是不忙就去姥姥家一趟，现在联系不上她，我正准备录节目，走不开。"

听到我低沉的声音，弟弟可能也感觉到气氛不同寻常，便说自己刚好有时间，可以过去看看。我不由得长长地呼了一口气，然后带着沉闷的心情给妈妈打去电话，把情况告诉了她。

也许是我的话让她感到安心，她不再紧张，便哽咽地说道:"谢谢你这么忙还安排处理这件事。主要是因为我自己去不了,但又担心……找你弟弟办事也要看他眼色,所以才找你这个闺女的,结果你这臭丫头也说自己忙……我可怎么办呀?"

我感受到母亲那焦急、无助的心情——求儿子办事要看眼色,所以就算知道女儿忙,也要找好说话的女儿,可女儿又不近人情,让自己不知该如何是好。想到这些,我心痛不已。

"对不起,妈。我是马上要开始录节目,压力有点儿大,有点儿敏感了。别哭了……是我错了。"

也许是听到我认错的话,妈妈释怀了,又开始对我不停地抱怨:"你这臭丫头,明明可以这样解决,为什么还要跟我发火,要与人为善。我也是实在没办法才向忙碌的女儿求助的,你怎么就这么不懂我呢……"我一边笑着,一边听着妈妈的抱怨。

有人说,丈夫归根结底是外人。那在妈妈看来,女儿是怎样的存在呢?对妈妈来说,女儿也许是这样的存在——绝对不会拒绝自己的人,是世上唯一的自己人。

妈妈很喜欢托我办事，
但大部分都是让人有些为难
却没法说"不"的事。
对妈妈来说，
女儿也许是这样的存在——
绝对不会拒绝自己的人，
是世上唯一的自己人。

妈妈也有权拥有"角色"

我在家里没有洗过一次碗。每次我准备洗碗时,妈妈就说:"闺女,别干这种活儿,以后你结了婚,就算没人叫你洗,你也得洗到疯,所以不要这么早就开始洗碗。我来洗,你去把没睡够的觉好好补回来吧。"说完会把我已经伸进洗碗池的手硬拽出来。这时候,她就像是除了"妈妈"之外,没有其他名字的人一样,仿佛只是为了当妈妈而生的。

真正需要补觉的人是妈妈。特别是农忙时节,她从凌晨起床后就一直忙碌,不仅要在果园里采摘,还要做一日三餐和家务活,可她却对我说"去把没睡够的觉好好补回来"。每当这时候,我总觉得自己只会给她增加负担。为什么我偏偏要赶在农忙的时候回来,不仅什么忙也帮不上,反而让她多洗一副碗筷,我的心里总有些过意不去。怀着复杂的情绪,最后我选择破罐子破摔,四仰八叉地躺在沙发上,打开电视,但是一点儿都看不进去。我的视线总是飘向在厨房里忙活的妈妈,最后还是忍不住从沙发上起身,走到了她的身旁。

"有没有要我帮忙的?"我问道。

"没有,我来就行。"妈妈毫不犹豫地回答。

"我去把衣服放进洗衣机里洗了吧?"我继续问道。

"不用,放着我来。"妈妈再次拒绝。

"放、着、我、来。"妈妈用这四个字,将一切拒之门外,仿佛自己是超级女侠一样,什么事都说自己来,这个也是"我来",那个也是"我来"。某天,忙了一整天后,到了晚上,她在房间里"哎哟喂、哎哟喂"地呻吟着,直到实在忍不住了才叫:"闺女,给我贴个膏药。"

妈妈把衣服高高卷起,我在她的后背、腰和肩膀上都贴了膏药。"你以为自己是铁人吗？这个也我来，那个也我来，全我来我来，结果把自己搞成这样。如果不是什么都揽下来，你身上会痛吗？你这样，不生病才怪呢！"

默默听着的妈妈突然开口说道："别唠叨啦，现在你回到家有我的照顾，已经很幸福了。你姥爷走得早，只剩我跟你姥姥两个人过日子，从小什么事都得我自己干。"

在妈妈10岁左右时姥爷去世了。为了抚养年幼的女儿，姥姥从凌晨到深夜一直不停地工作。因为忙于生计，姥姥从来没有给妈妈准备过便当。每到学校郊游或者开运动会的日子，妈妈就用柔嫩的小手做紫菜包饭，有时也会趁着姥姥偶尔休息做饭时，在一旁认真学习，然后自己做便当带去学校。放学回到家，因为担心晚归的姥姥没有吃饭，妈妈还会给她煮好大酱汤或者泡菜汤放着。

妈妈说她那时的愿望就是吃一次姥姥做的便当，但她从来没在姥姥面前表现出来，因为怕没时间给她做便当的姥姥知道了会更加伤心难过。

在那段深夜了姥姥还没有回家就独自入睡，凌晨还没有起床姥姥就又出门了的日子，妈妈睡觉之前会把想跟姥姥说的话，一笔一画大大地写在纸上，放在门口的鞋子旁边，以便让姥姥一眼就能看见。

妈妈，我明天要买学习用品，你走之前把钱放桌上吧。

明天上班也要注意安全哦。

姥姥把买学习用品的钱放在桌上，正要出门，又心疼起年幼的女儿，来到女儿的身边一遍又一遍地抚摸熟睡中女儿的脸颊。

说到这里，妈妈"哎哟哎哟"地叫着躺了下来，还偷偷地往我这边瞄了一眼，然后假装不经意地说："我能照顾你到什么时候？人生无常，明天会发生什么完全预料不到，所以我照顾你的时候，你就乖乖受着吧。这样至少在孩子们心中，还能留下被妈妈照顾过的美好回忆，好歹能有些回忆不是？"

的确，妈妈的话全是对的，但为何我心里的某个角落像被针扎一样刺痛呢？

有妈妈在身边，我深感庆幸，得到妈妈的照料，也让我感到十分幸福。可就算她不这样做，对我来说，妈妈依然是妈妈。并不是为我做了什么，她才是我的妈妈，也并非因为是妈妈，就应该为我们做这些事。

我不由得有些哽咽，生怕泪水从眼眶流下来，赶紧躺在妈妈旁边，清了清发闷的嗓子说道："我知道了，但是你也要想想自己的身体呀。我可是希望能一直这样生活，才不要什么回忆呢。"

也许是察觉到了我的异样，妈妈靠近我的脸仔细打量。

"你哭了？真哭了？为啥？突然觉得你妈可怜？老天爷，真是活得久了啥事都有啊。我闺女都觉得她妈可怜，哭鼻子了呀。爱哭鬼哟，爱哭鬼。"

"谁哭了呀，我才没哭呢。"

妈妈拍着手哈哈大笑,拿我打趣。我在一旁不停地反驳,让她别取笑我。那样的画面好似两个朋友,又像一对姐妹。

也许妈妈从很久以前开始,就忽略了自己可以做自己这件事。也许连思考、顾及这些事的时间都没有,她的人生就一天天地过去了。

即便如此,我还是希望妈妈能做她自己,就像现在这样,陪在我身边,一直陪下去。

有妈妈在身边,我深感庆幸,

得到妈妈的照料,

也让我感到十分幸福。

可就算她不这样做,

对我来说,妈妈依然是妈妈。

并不是为我做了什么,她才是我的妈妈,

也并非因为是妈妈,就应该为我们做这些事。

耀眼的、绽放的人生

"闺女,《耀眼》①?是叫《耀眼》吗?是电影还是电视剧?在哪儿能看?"

我让她看那部电视剧是很久以前的事了,现在《耀眼》剧终已经快两个月了,妈妈却突然开始感兴趣,我正觉得好奇,一下子想起了早上看到的新闻,内容是《耀眼》的主演金惠子②老师获得了百想艺术大赏③的大

---

① 韩国JTBC电视台于2019年2月11日至3月19日播出的12集奇幻浪漫喜剧。
② 生于1941年的韩国女演员。
③ 1965年设立的综合类艺术颁奖典礼,是韩国最具影响力和权威性的电影、电视颁奖典礼之一。

奖。在那一刻，我深切感受到，对于把女儿的话当成耳旁风的妈妈来说，大众传媒的力量才更大。

"我在地里干活儿时听广播在介绍这部剧，听说剧情特别感人，把好多人都看哭了。"

"剧情感人，能把人看哭了"，妈妈说得好像这正是她现在需要的一样。对于在乡下过着平淡生活的她来说，会需要这样的东西吗？

听了妈妈的话，我试着回想《耀眼》中的一个个场景。能记得的片段里，有几个印象最深刻：满怀梦想和青春激情，20多岁的大学生惠子；忘记自己得了阿尔茨海默病，回到青春时期的惠子；丈夫去世，儿子因事故失去一条腿，为了让儿子坚强成长而狠下心来的惠子。

电视剧《耀眼》讲述了因阿尔茨海默病而忘记现在，记忆停留在过去的惠子奶奶的一生，其中包含着每个人都体会过的酸甜苦辣，也是献给当代母亲们的寄语。我看这部电视剧的时候想起了姥姥，也想起了妈妈。剧中惠子的人生就是姥姥的人生，也是妈妈的人生。

我曾经翻看过妈妈的相册，穿着紫红色的高领衫、深紫红色的喇叭裤，一头俏丽的短发，露出腼腆笑容的小学六年级的妈妈；长着胖乎乎、圆溜溜的脸蛋，依然留着一头俏丽的短发，穿着白色上衣和长至膝盖的黑色校服裙，看着班主任和朋友，满面笑容的初中时的妈妈；比同龄人身材高大壮硕，高中时打排球的妈妈；身着光彩夺目的婚纱和头纱，表情有些木讷，略显尴尬地凝视着镜头的年轻漂亮的妈妈；年纪跟我现在差不多，一身西服套装，开怀笑着的30多岁的妈妈；披着长发，把脚浸在秋日的江水中，笑容有些孤寂冷清的妈妈。我不知道的妈妈的面容、情绪和人生都如实地收录在那本相册里。

妈妈曾经是怎样的人，过着怎样的生活，当年她是个怎样的少女，怀着怎样的梦想和期冀度过了那些青春岁月，我未曾知晓。也许正因为如此，我才没有把她看作一个女人，一个跟我一样有人格的个体，而是只把她当成我的妈妈。她也是人，也是女人，也能感受到喜怒哀乐，我感受到的一切，她也在看、在听、在感受。

也许妈妈想回首自己逝去的岁月，那些并不算美好，也不算光辉灿烂，连自己都称不上喜欢的日子。也许她想一点点地重拾那些回忆，也想在自己的人生中找寻那些催人泪下、感人至深的片段吧。

就算妈妈没有特别喜爱那些没什么美好回忆的日子，过去的岁月也会在她回望的每个角落灿烂地笑着对她说："你的人生比任何人都要耀眼，那些时光既是我的人生，也是你的人生。尽管你曾孤独痛苦地走过艰险的旅途，尽管没有人给予你拥抱和温暖，但你也有足以发光的价值。你的每一天都比秋日阳光更加炽热，比春日繁花更加繁盛，比夜空星光更加闪耀。"

妈妈的人生是耀眼的、绽放的，今后也将如此。

我的人生时而不幸，时而幸福。

虽说人生不过梦一场，

但我依然庆幸自己活过。

凌晨时分冰冷刺骨的空气，

花朵盛开前甜蜜的微风，

夕阳西下时晚霞散发的气味，

没有一天是不耀眼的。

即使是为生活所苦的你，

既然出生在这个世界，

就有资格每天享受这一切。

平凡的一天过去了，

又将迎来平淡的一天，

即使如此，人生还是值得一活。

不要让满是后悔的过去和焦虑不安的未来

耽误了现在。

请活在当下，

活得耀眼夺目，

你有这样的资格。

献给妈妈、女儿，

以及你自己。

——电视剧《耀眼》片尾词

有温度的真话

"闺女,我今天去医院了。"

"医院?为什么去医院?"

"没别的事,就是我膝盖和胳膊上长了囊肿,去打针了。"

当我得知妈妈刚到首尔就去医院的消息时,我的心咯噔一下沉了下去,以为她的身体出了大的状况。幸好她说只需打针就行,我松了一口气。

从医院回到我家后,妈妈对我说:"闺女,我在医院碰上了一件很好笑的事情。"

医院里能有什么好笑的事?我疑惑地看向妈妈,她笑眯眯地接着说:"我搬去乡下之前,在首尔生活的时候,有一家经常去的医院。我今天去的就是那儿,发现院长竟然还在,我就说:'天啊,院长,好多年不见,您也老了很多了呢,都一把年纪了,该歇歇了。'你知道院长说什么吗?"

"不知道。"我回答道。

"他说,13 年没见了呢,别的患者要是很久才去找他一次,见到他都会说他怎么一点儿都没变,但他知道那都是骗人的,全是假话。所以他觉得我特别诚实,还笑得很开心呢。"

说完,妈妈很开心,一个劲儿地咯咯笑。我却觉得很诧异,这件事有这么好笑吗?能让她笑成这样?不过也正是这样,我看到了以前从没见过的她。

妈妈特别擅长说大实话,一点儿都不会客套,如果一定要让她说客套话,她就干脆闭上嘴。她想说什么话和所想所感,总是直言不讳,特别是她觉得不对的事,更是一定要指正。虽然有人觉得她坦率直白,但也有人因为她说话太直接而感到受伤。我就不太喜欢她的这种说话方式。

有一次隔壁阿姨来玩,我听到她跟妈妈的聊天内容,大意是,几天前一位关系很好的社区大姐的话让阿姨有些受伤。当时阿姨没有表现出内心的不悦,但回家后仔细想想,怎么都觉得对方太不尊重自己了,这种想法挥之不去,让她愤愤不平。直到今天才找到机会开口,让对方为前几天说的话道歉。她以为自己这样明说了,对方就会道歉,结果对方反而倒打一耙,两人吵得更凶了。阿姨一直在说自己委屈,想让妈妈体谅她的心情、替她撑腰。

然而妈妈却不留一点儿情面地说:"这就是你做得不对了,一开始就该说清楚的,你却要忍气吞声,她以为你就是那种人,这不是理所当然的吗?然后过了几天,你再去说那天的事,她肯定觉得莫名其妙,毕竟这是完全没必要放在心上的事,你却跑来追究。"

妈妈的回应出乎意料,让阿姨不仅错愕,还又一次受伤。我不禁想:妈也真是的,又不花你一分钱,就站在阿姨这边替她说几句话呗。当然,妈妈说的每一句都没错，全是实话。但看到阿姨垂头丧气的样子，我又担心她会不会跟妈妈也闹僵。正当我胡思乱想的时候，阿姨突然开口说："你的意思我明白了（看了看表），时间不早了，我得回去做饭了，谢谢你陪我说话。"说完便匆匆离开了。

阿姨离开后，我埋怨起了妈妈："妈，你怎么不站在阿姨这边帮她说话呢？她就是想让你给她撑腰，你怎么净戳人家痛处呀，以后你少那样说话。"

妈妈似乎觉得被冒犯了，发起火来："你才少那样跟我说话。这事本来就是你阿姨的问题呀，发现问题就应该如实提醒她，为什么要颠倒黑白？那不是虚伪吗？而且人一辈子怎么可能只听好话？就得有我这样说真话的人，人际关系才能健康地维持下去。"

妈妈摆出一副好伤心的样子，转身做饭去了。我看着她的背影，用她能听见的声音喃喃自语："明明前几天你还质问我为什么不给你撑腰。"

吃晚饭的时候，妈妈的手机响了，是隔壁阿姨打来的。想到之前的状况，我以为阿姨要对妈妈发泄不满，心都提到嗓子眼了，然而事态的走向与我的想法完全不同。妈妈接通电话后，心情似乎很好，语气也很温柔，还时不时发出笑声。究竟怎么回事？我一心等着通话结束。

十几分钟后，妈妈终于挂断了电话，我赶紧问道："怎么了？阿姨怎么说？"

"她说谢谢我，还说刚才确实因为我说的话太直接，她心里很不是滋味，但回家路上仔细想想，当时选择忍气吞声的她的确也有错，所以她给那位社区大姐打去电话把事说开了，现在她们已经和好了。这不挺好的嘛。"

说完妈妈美滋滋地吃起饭来。看着妈妈的样子，我突然觉得自己太不了解她了，一股愧疚之情涌上心头，因为每当说大实话的时候，我总是这副模样：

"妈，拜托你别这样说话。"

"妈，你非要这样说话不可吗？"

"妈，你一定要全说出来才痛快？"

妈妈的话总是大实话，既质朴又粗糙。但她说话的方式里，藏着她特有的为对方着想的心。

"那就是你的不对了。"在这句话里藏着的是妈妈希望对方不要选择错误道路的真心。"你不觉得你这样做不太对吗?"在这句话中藏着的是妈妈真心为对方着想的诚意。

妈妈的那些大实话里藏着她的温暖和担心,还有满满的爱意,更重要的是永远清澈透明,总想直面对方真正的内心。

妈妈的话是真话。

妈妈的话是有温度的话。

我很喜欢。

想要长久陪伴的心情

我有个 5 岁的小侄女,我特别喜欢她。她是我的第一个侄女,没见面时,我就很想念她,也会好奇她在做什么。之前周围的人总是滔滔不绝地争着炫耀自己的侄子侄女时,我还不明白他们为什么那么喜欢炫耀,等我自己有了侄女,我比他们还要不可救药。无论走到哪儿,我总会第一时间拿出侄女的照片给别人看,总之我就是很爱我的侄女,非常喜爱,当然小侄女也非常喜欢我。

如此深情的我和侄女,每到告别时就要花费大量的时间,因为要上演一次生离死别的戏码。小侄女那豆大的泪珠会止不住地往下掉，还会一边哭一边叫："姑姑！你别走！别走嘛，姑姑，姑姑！呜呜……"

此时，无论怎么哄劝她都不管用，弟弟夫妻俩只能强行把她带走。所以每次跟侄女分别时，她都是哇哇大哭着回家的，我心疼难过得不得了。

一场告别如风暴过境般结束之后，我的脑海中突然回忆起了某个场景。

我跟弟弟生活在乡下时，妈妈只去过村里一次，而且还是换乘了五次公交车。我还记得当时一年未见到的妈妈突然出现在眼前，我感觉极其不真实，一直摸着她的脸和手，连连确认："真的是妈妈吗？"虽然那次跟妈妈在一起的时间都不够一整天，可就是那短暂的时光，成了我一生中为数不多的最幸福的瞬间。

不停地在心中想着"好想你，好想你，好想你"，然后一边哭泣，一边想着那个不知何时才能再相见的人。当那个人真的出现在眼前时，那种心情怎么能用三言两语表达出来呢？

离别的时间无情地到来了，等待一年才见到妈妈的那份幸福并没有持续多久。一想到又要跟妈妈分开,我甚至感到一丝恐惧。可无论我如何惧怕,离别都是不能改变的事情。妈妈把我和弟弟送回奶奶怀里,直接坐上了等在外面的出租车,头也不回地扬长而去,而我和弟弟只能用尽全力拼命追着妈妈乘坐的出租车。

"妈妈别走!别走!妈妈!"

后来才听说,妈妈从出租车的后视镜里看到年幼的儿女不停地哭喊着让她别走,也是泪流不止,她回到首尔的家后便病倒在床上多日。因为无论睁眼还是闭眼,两个小小的孩子一边奔跑着追赶出租车,一边喊着"妈妈别走"的样子都历历在目。

现在,每当我疲惫不堪的时候,需要安慰的时候,抛下一切、逃避现实的时候,想哭的时候,受了伤害、感到痛苦的时候,最先想起的地方就是尚州乡下的家。那是我无论何时都能敞开心扉、安心休息的地方。在那个家里吃一顿妈妈做的饭,然后躺下来,肚子就变得暖烘烘的,仿佛在城市生活中积累下的各种杂质和毒素都离开了我的身体。

那天，疲于制作节目的我开始怀疑人生，想要把一切都抛之脑后，连电视台附近都不想靠近时，我拨通了妈妈的电话："我坐明早的火车回去。"

接到电话的妈妈照例问道："这次回来打算待几天？"

"还几天呢，后天或者大后天就得走了。"我说道。

这时候妈妈的反应大多是冷淡的："就待一两天的话，干吗从首尔跑来这里呀，别来了。"

然后我们就会沉默。接着跟往常一样，我先开了口："我哪有那么多的时间，能在那儿待上好几天，我现在过的是什么日子……怎么连你也这样？我就是抽空回去一趟，要是不打算待好几天，那个家我就不能回去了吗？"

"挂了吧。"妈妈挂断了电话，这是她不想继续对话的方式。对于妈妈这种难以理解的表达方式，偶尔我也会生气、烦躁，每到这时候，安抚我情绪的特效药就是跟小侄女视频通话。看着她可爱的样子，因妈妈而受伤的情绪就能稍有缓解，但问题永远出现在最后，一到要挂断的时候，侄女就会说："姑姑别挂！"光是挂断就要10分钟，最后还是要靠弟媳强行打断，这场通话才能结束。

正要扑哧一声笑出来的瞬间，心里某个地方突然感到一阵刺痛。我不过是和侄女挂断视频，就让我如此难受，不得不抛下孩子好几年的妈妈，那时又是怎样的心情呢？

也许正因为如此，女儿只回家待一两天是根本满足不了妈妈的。或者应该说那是一份渴望孩子们能留在身边久一点儿的为人母的心情——想和孩子聊聊天，想再拥抱一下孩子，想在孩子睡觉时再摸摸她的头发和脸颊。

"妈妈别走！"

年幼的女儿哭喊着追着出租车奔跑，妈妈是不是至今都无法忘记那副模样呢？

女儿只回家待一两天
是根本满足不了妈妈的。
或者应该说那是一份渴望孩子们
能留在身边久一点儿的为人母的心情——
想和孩子聊聊天,想再拥抱一下孩子,
想在孩子睡觉时再摸摸她的头发和脸颊。

第 3 章

妈妈内心的伤痛有着我的影子

妈妈的身体日渐衰弱，我却未曾发觉

几天前，弟弟打来电话。

"姐，你知道妈住院了吗？"

"……"

怎么可能知道，我跟妈妈已经两个月没有联络了。

"怎么了，又是腰吗？"

"嗯，给她打个电话吧，她说今天做手术。"

自从妈妈开始干农活儿后，腰上的毛病就成了难以根治的顽疾。去年11月已经做过一次手术，现在又要做。一股既担心又气愤的怒火涌上心头，我对弟弟吼道:"腰上的手术才做了多久呀,又要做手术,一直做手术就能根治吗?这样下去要是彻底瘫了,到时候她打算怎么办?只要不再干农活儿就都好了。"我大发一通脾气,好像打来电话的弟弟做错了什么似的。

默默听着的弟弟开口说道:"明明这么担心,为什么之前一个电话都不打?赶紧给妈打个电话吧。"

挂断弟弟的电话,我点开手机屏幕又关上,关上又点开,反反复复好一阵子才拨通了妈妈的电话。

"好久没联系了呀,闺女。"电话里传来妈妈温柔又平静的声音,一听见这声音,我满是愧疚和担心,还有生气和伤心。一想到自己这么久都没有给妈妈打一个电话,我开始自责起来,世上还有我这么不孝的女儿吗?不过这些情绪暂且放在一边,我先询问妈妈的身体情况。

"好像是去年做完手术腌泡菜的时候又出问题了。"妈妈回答道。竟是因为腌泡菜。不就是泡菜吗?少腌一次会怎样?我当时就说今年不要自己腌了,买来吃就行。那点儿泡菜到底有多重要,非腌不可吗?一股怒火直冲上来，但我咽下了这些话，尽量温柔地开了口，毕竟对刚做完手术几个小时的妈妈，实在不该那样发火。

"妈，所以我去年就说不要腌泡菜了，买来吃就行。这次出院之后，你什么都别干了，好好休息，知道了吧。"

电话那头的妈妈有些哽咽。她说自己是哭着进手术室的，其实现在这样的状况，最难过的正是她自己。

妈妈腰上的毛病之所以会复发，原因是干农活儿、腌泡菜，还有为偶尔回家的孩子们精心准备一日三餐。

妈妈的腰就是这样一天天积劳成疾的，然而我似乎在不知不觉间认为妈妈做那些事是理所当然的。要是我能更加周到地关心她的身体状况就好了，就算她不愿意听，也多唠叨几句，多给她买些营养品、补品。平时就该多关心妈妈的，非等到出事了才放马后炮，此时，我是真的很懊恼。

当我正在安抚自己的负面情绪时，妈妈说姥姥刚刚也给她打了电话，唠叨了半天。自己的宝贝女儿受了那么多苦，把身体都搞坏了，姥姥难过、焦急的心情不言而喻。

正因为如此，妈妈总是想方设法隐瞒自己的病痛。既怕年迈的姥姥担心，又怕身在外地的孩子们惦记，影响了工作。等到住了院，实在没办法，这才不得不告诉我们她病了。妈妈就是这样一个即使生病了也不会表现出来，只会报喜不报忧的人。

电话中妈妈问我这段时间过得怎么样，我早有准备似的，喋喋不休地讲起了自己生活的变化。妈妈仿佛乐在其中，连连附和着听我说话。在我们聊天的过程中，我感受到我们之间的心似乎又靠近了一些。

准备挂断电话的时候，我犹豫了一下，用这样一句话表达了自己的心意："妈，我是个不孝的女儿，对不起。"

妈妈的身体日渐衰弱。
她总是想方设法隐瞒自己的病痛。
既怕年迈的姥姥担心,
又怕身在外地的孩子们惦记,
影响了工作。

不爱妈妈的心

以前我很喜欢把男朋友介绍给家人，无论对方优秀与否，主要是让妈妈看看我正在跟什么样的人交往，谈着什么样的恋爱。妈妈每次都以"儿子"来称呼他们，和气相待，我很喜欢那样的场面。不可否认，在我的心里总有种想被认可的欲望，所以我想要表现出自己是受宠爱的女儿，我们母女的关系比别人都要好。但这只是我想要营造出的假象，我们母女的关系其实并没有那么好。

妈妈经常说我是"恋爱脑"，比如在我没有达到她的要求时，在我没有满足她的期待时，在因为观点不同而引发冲突且矛盾达到顶点时,她就会这样说。

她还会说我的眼里只有男人,没有家人,每次听她这么说我都又委屈又气愤。有时我会愤而怒吼:"没错!我就是恋爱脑。那又怎么样?难道你希望你女儿当个恋爱都不会谈的傻子吗?"但有时我也会乖乖低头认错:"妈,对不起,真的对不起。别生气了,好吗?"有时还会为了理解妈妈的伤心而不懈努力:"妈,原来你是因为这样才伤心的啊,我懂你的心情,你肯定很难过吧。"

我希望妈妈能理解我的心意,因为她也是姥姥的女儿,应该比谁都理解我。然而没过多久我就意识到,这只不过是我一厢情愿罢了。

我用尽全力,拼命向妈妈表达自己的感情,跟她说我没有为男人疯狂,但我的努力并没让她改变。

偶尔我会想,妈妈的记忆机制是不是出了问题,我做得好的事,她一点儿都不记得,但是我做得不好的事、让她受伤的事,她全记得。

有一年,在刚刚进入初夏的时候,我结束了长达五年的恋爱,疲惫又受伤的心急需安慰。当时的我看什么都觉得烦,不想一个人失魂落魄地待在首尔,因为我无论做什么都没办法安抚好自己的情绪,便坐上了返乡回家的火车。一路上不安涌上心头,总感觉可能会遇到不想面对的情况。

下了火车走出车站,远远地,我就看见妈妈的车正在等着。在回家的30分钟路程中,我们母女二人没有多余的对话。妈妈只是不停地抽烟,不知为何,那天我那么讨厌她抽烟,不耐烦地说:"妈,能不能别抽烟了?感觉要吐了,真是的。"

开着车的妈妈朝我瞥了一眼:"你怎么那么没有看男人的眼光啊。唉,把你生得好端端的有什么用,看着聪明,干的全是些傻事……"

"唉,真是受够了。别说了,别说了。我现在都这样了,你怎么忍心跟我说这样的话?"

"那你干吗总让我戒烟?就因为我是你妈吗?当你妈就得听你的?你少命令我,你以为只有你是宝贝闺女呀,我也是别人的宝贝闺女。"

在这段与妈妈不着边际的对话中,我仿佛被狠狠打了一闷棍似的，错愕与难过之情同时涌上心头。以前，我一直认为妈妈根本不懂我的心，也一点儿都不想去了解，她压根儿就不关心我。然而我的"这些想法"才是问题所在，原来这些都是我的错觉。

正如我拼命想向妈妈表达自己的心意一样，她也在用尽全力地向我表达心意。而我却总是认为一切都是她的问题，最后才发现问题都出在我身上，是我的心不爱妈妈。

妈妈和我是不同的个体，是我不懂得尊重并承认那个与自己不同的个体。我只是打造了一个"妈妈和女儿"关系的框架，一味地想要按照自己的方式把她塞进去。明明我是那么渴望得到她的尊重和优待，但我从未想过把她当作一个人，一个女人，一个与我截然不同的个体，不仅如此，我还不停地拿她和其他人的妈妈做比较。其实我想让她戒烟，并不是为了她的健康，只是觉得有个抽烟的妈妈很丢脸；我也没有完全接纳她诚实坦率的性格，而是害怕有人觉得她说的话难听，所以忙着遮掩。原来我并没有我想象中那么爱妈妈，更没有竭尽全力、付出真心去爱妈妈。突然之间，我深深地体会到了妈妈的孤独。在那段简短的对话里，我才终于认清了自己的内心。

妈妈说我是"恋爱脑"，也许是想表达她的伤心和对女儿的爱。自己生得好端端的女儿好像到哪儿都在吃亏，明明希望女儿交往的对象能更宠爱她一点儿，能再多爱她一点儿。可是作为女儿的我却一点儿都不明白，反倒觉得受了伤害，还气冲冲地将妈妈的心意拒之门外。

也许以前我并没有好好地爱过妈妈，所以现在正努力着，让她走进我的人生。

因为是母女

我已经两个月没有跟妈妈联络了,确切地说过完春节我就没有给她打过电话,心中一隅莫名有些空虚,感觉自己越来越像个不孝的女儿。我一方面担心正值更年期的她的近况;一方面又担心正值农忙时节,她做完手术的腰会不会复发。每每想到这些,我的心就格外纷乱。

我明白,我们母女必须恢复联络。我也知道只需要一通电话,一切就会像船过水无痕一样,但不知为何,我始终无法轻易按下妈妈的号码。今天的我也一样,看着手机里妈妈的电话号码踌躇不决。

没和妈妈联络的这段时间，我一直在思考为什么主动联系妈妈这件事对我来说这么难。

我花了好几天的时间重新审视自己的内心，发现在我内心深处藏着一份关于妈妈带给我的伤痛，而这份伤痛比想象中更加深刻。

妈妈总是以弟弟为优先，也总是更加疼爱弟弟。让我有这样结论的正是她的口头禅："再怎么说，你当时（跟妈妈分开的时候）比你弟弟大啊，我们分开时他才5岁，那会儿我身无分文，无法更好地照顾你，但你得到了你姥姥满满的疼爱啊。"

"再怎么说"这几个字成了妈妈的正当理由。因为我比弟弟大3岁，就成了"再怎么说"的理由；因为她觉得姥姥更疼爱我，也成了"再怎么说"的理由。但在我看来，妈妈的"再怎么说"无法成为任何理由。

我非常渴望妈妈的爱，但妈妈把更多的爱给了弟弟，让我感到孤独寂寞，要是妈妈多关心我一点儿该有多好，我也想和妈妈变得更加亲密。

我也想像其他母女一样跟妈妈有聊不完的天，一起去旅行，一起开怀大笑。然而这些平凡的事情，我却无法拥有。说来也奇怪，我总跟妈妈起冲突。当这样的情况一次次出现时，我的心门也一点点地关上了。

就算我跟妈妈说了，为什么吃亏的总是我，受伤的也总是我……这些话也会被她当成耳旁风，甚至还会被她出言中伤。

随着时间的流逝，我跟妈妈之间的那道墙就变得越来越高。等我想要把它推倒的时候，已经变成了坚不可摧的城墙。

其实要用文字来描述我的妈妈，对我来说是需要极大的勇气和决心的。我一边写着关于妈妈的文章，一边不断努力试着理解她，不断努力去爱那个无可奈何的她。我并非有多么怨恨、不满或是讨厌她。我爱她，只是没有完全让她走进我的人生，只是为我们两人这不算完美的关系感到惋惜和痛心。

也许是我这样的女儿也让她觉得拘束，不知从何时开始，妈妈有些变了。面对关上了心门、态度冷淡的女儿，她怎么可能毫无察觉？她肯定感受到了来自女儿身上的那股寒气，所以她也在以自己的方式看我的眼色行事，说话时也变得小心翼翼。

我们母女正在试着接纳对方、拥抱彼此。为了爱彼此真实的模样，我们正在不断努力。现在，我们母女正在彼此走近。

我们母女正在试着接纳对方、

拥抱彼此。

为了爱彼此真实的模样，

我们正在不断努力。

现在，我们母女正在彼此走近。

妈妈的秘密心事

某天上班之前,我和大学老师共进了简单的早餐。

"对了,海珠,你妈妈之前给我打过电话。"老师突然说道。

我妈给老师打过电话?我有些诧异。因为自从我上小学一年级以后,她就再也没有去过学校,突然给我的老师打电话,确实让我费解。

难道她有什么事吗?老师看出了我的心思,微微笑着说道:"你这丫头,可真要对你妈好点儿才行,她可是每天都很担心你这个闺女的。"

事情是这样的:那时的我已经定好结婚日期,但最后我还是取消了婚礼。原本是想在婚姻大事上尽量不让父母操心，没想到还是事与愿违，这让我既对父母感到抱歉，又觉得自己境遇可叹。我怕一听到妈妈的声音，眼泪就会如暴风雨一般席卷而来，所以那段时间我没有跟妈妈联系，万万没想到她却联系了老师。

我想妈妈当时一定常常看着女儿的电话号码，犹豫过无数次要不要拨通。

当时我的婚礼筹备得并不顺利，但这些事我没有让家里人知道，因为不想让妈妈、爸爸和姥姥失望，所以只能把委屈吞进肚子里。

很会察言观色的妈妈看出了苗头，问我是不是有什么事，我只是笑笑，说什么事都没有。担心自己会养成爱流泪的习惯，会情不自禁地在妈妈面前哭出来；更担心只要流露出一丝心痛，就会一发不可收，于是更加闭口不言。然而尽管费尽了心思想要隐瞒，终究还是不得不向她坦白了一直藏在心里的话，告诉她不要再期待我的婚礼了，我已经取消婚礼了。

我只是这样简单地告知了妈妈，我取消了婚礼，连一句多余的解释都没有，想必这让妈妈感到一种背叛吧。

"结婚是开玩笑吗？一会儿结，一会儿又不结，理由是什么？你到底为什么不结婚了？你不说，非要让我给那小子打电话吗？"

"妈，对不起，等我回去后再跟你解释，对不起。"

面对暴跳如雷的妈妈，这已经是我用尽全力说出的话了。当时的我只有一个想法——干脆就这样死掉算了。听说人要是处在过于无助的状态，就连眼泪都流不出来，果真如此。现在想想，当时的我到底出了什么问题，竟把自己逼到这种境地？

我取消婚礼的消息瞬间传遍了全家。姥姥打来电话，我故作淡定地接听，她却哭了起来，问我一个人有没有好好吃饭，还说一想到我独自承受着一切的痛苦，她就伤心得要命。让年迈的姥姥如此伤心，我还有什么脸面陪她一起哭呢。强忍住泪水，我安慰姥姥说自己没事，手却在不停地颤抖。

姥姥调整好情绪后，说起几天前妈妈去了她那里的事。本已平静下来的姥姥，再度呜咽："你妈是哭着回去的，你这孩子呀。她一直念叨：'我闺女为什么要受这种苦难？''我闺女怎么就光是吃苦了？'"

这些话是妈妈未曾对女儿说出口的心里话。看着女儿的心在淌血，却束手无策；看着如此痛苦的女儿，却不敢轻易伸手触摸、拥抱，妈妈的心该有多痛呀。

我跟妈妈说"回去再解释"之后，一次电话都没给她打过。此时，我拨通了妈妈的电话，她如往常一样接了起来，此刻我压抑的泪水倾泻而出，妈妈也在电话那头跟着受了伤、难过的女儿一起流着眼泪。

妈妈因为自己无能为力，只能默默地守望着痛苦的女儿，所以总在我看不见的地方偷偷流着眼泪。等到跟女儿通话的时候，又强装无事，淡定自然，生怕让女儿更难过。

女儿不曾知晓妈妈的这份心意。只是在日后略有耳闻，才能稍加揣测。这就是我身为女儿无法得知的，只属于妈妈自己的秘密心事。

那天，我们母女二人一起哭了好一阵子，后来妈妈开口说道："闺女，没事的，挺起胸，抬起头，我相信你肯定能遇到更好的男人。加油，闺女。"

也许这才是她最想对女儿说的话。但她也知道，对心碎的女儿来说，这句话算不上什么安慰。于是妈妈等了又等，等到女儿主动来找她，等到女儿在自己怀里把痛苦的眼泪都流尽，就那样度日如年地在原地等待着。

可是我误以为会让妈妈失望，误以为妈妈觉得我是很没出息的女儿，误以为妈妈不爱我。

女儿不曾明白妈妈对自己那无尽的爱意和关心。当女儿一个人默默忍受痛苦时，自己却无能为力，甚至不能给女儿一点点安慰，面对这样的场景，妈妈一定很自责。

今天我想借用电视剧《罗曼史是别册附录》[①]中的一句台词，对妈妈说：

"月色真美。"

（我爱你）

---

① 韩国tvN综合娱乐频道于2019年1月26日至3月17日播出的16集浪漫爱情喜剧。

看着女儿的心在淌血,
却束手无策;
看着如此痛苦的女儿,
却不敢轻易伸手触摸、拥抱,
妈妈的心该有多痛呀。
妈妈总在我看不见的地方
偷偷流着眼泪。

专属于母女的和解法

那是我跟弟弟大吵一架的第二天。一大早,我正闷闷不乐地准备上班,妈妈打来电话。一想到她也许已经知道我和弟弟吵架了,不禁犹豫是否要接。我低头看着响个不停的手机,直到感觉她快要挂断了,才接了起来。

妈妈问我是不是正准备上班、有没有吃早饭,听她的声音,她似乎并不知情。我假装若无其事,像往常一样跟她唠起了家常。然而妈妈接下来的一句话让我的愤怒彻底失控了。

"闺女,姥姥身体好像不太好……我知道你忙,但妈还是得拜托你了。"

这句话放在平时根本不算什么,但那天却成了引爆器。

"天天就知道找我,我要是结了婚,你打算怎么办?到时候还要找我吗?怎么不去找你儿子呢?让他去。"

那天我仿佛将一肚子的苦水都倒给了妈妈。我向她抱怨:"我这个女儿什么事都自己解决,从来不会叫苦叫累,不知不觉间,这好像已经变成了理所应当,好像我一出生就该如此,可我真是那样的人吗?我已经受够了!"这些积压在心底已久的怨气不停地喷涌而出。妈妈默默地听着我歇斯底里的发泄,过了好一阵子才开口:"闺女,最近很累吗?"

气愤、委屈、伤心,各种情绪交织在一起,让我不禁哽咽,一种凄楚的感情猛地涌上心头。妈妈的话让我的眼泪不由自主地滚落下来:"不知道,挂了吧。"

咔嗒一声,我挂断了电话。因为我不想被妈妈发现我在哭,也觉得平白无故地对妈妈发火很抱歉。我对自己很失望,虽然一口气把那些有心无心的话全都说了出来,但一想到不明缘由的妈妈只能默默地承受我的迁怒,就后悔自责,心里郁闷不已。

不知过了多久,我拨通了妈妈的电话。她若无其事地说道:"嗯,闺女,怎么啦?"

天啊,听到妈妈这样的声音,我更是心痛不已,犹豫再三后,我决定说点儿什么,结果一开口,竟蹦出了一句不着边际的话:"吃饭了吗?"

妈妈似乎觉得我莫名其妙:"你问的是午饭还是晚饭呀?"

一看时间,竟是下午4点。妈妈感觉到了我的尴尬,继续说道:"午饭早就吃过了,晚饭还早着呢。怎么,跟我发了一通火,觉得不好意思了?"

真是的,非要这样使劲戳人痛处不可吗?

"对不起,妈。"

我直截了当地说出了这句我应该说的话。但妈妈满不在乎地说道:"你这样又不是一天两天了。我忙着呢,你赶紧吃饭去吧。"

听了妈妈让我赶紧吃饭的话,我差点儿笑出声来。刚才她还在质疑我说的是午饭还是晚饭,现在反倒换成她让我去吃饭了。

跟妈妈通完话,压在心上的几块大石头终于落地了。我扑哧一声笑了出来。此时我完全忘记自己到底在气什么,又或许从一开始我根本就没有生气。

母女是无须言明,也能心意相通的关系;是彼此吐露心声时,能够默默倾听的关系;是最容易理解,也最难以理解的关系。所以有时我们会彼此伤害,又会因为彼此不经意间脱口而出的朴实的安慰而备受感动。

这是专属于母女的和解法。用这种方法和解的我们,以妈妈和女儿的身份相遇了。

母女是无须言明,也能心意相通的关系;
是彼此吐露心声时,能够默默倾听的关系;
是最容易理解,也最难以理解的关系。
所以有时我们会彼此伤害,
又会因为彼此不经意间脱口而出的
朴实的安慰而备受感动。
我们以妈妈和女儿的身份相遇了。

生在首尔的
乡下女人

因为要专心写剧本大纲,又怕自己没有信心抵抗城市的种种诱惑,便立马带上行李回乡下住了大约一个月。我以为只要远离朋友和各种需要操心的事情,就能好好写作了,但没想到的是,仅仅过了半个月,精力就开始难以集中。不知为何,此时的乡下如此令人烦闷,感觉自己像是被关在没有铁窗的监狱里写作一样。好不容易收起纷繁的心绪,坐在笔记本电脑前,却只是发呆,一个字也写不出来。妈妈看在眼里,似乎对我的想法有所察觉:"在这儿待久了闷得慌吧?回首尔去吧。"

听了妈妈的话，我如释重负，直接张开双臂，向后仰躺："就是说啊，妈，我在这儿简直待不过半个月，这儿什么都没有，你到底是怎么在这里生活的？"

妈妈似乎深有同感："是啊，当初我也以为在这种地方过不下去呢，没想到一待就20多年了。"

妈妈是出生在首尔的都市女人，之前几乎没在其他地方生活过。妈妈特别喜欢首尔，不仅因为那是她出生长大的地方，更是因为她喜欢的东西全都在首尔。那里有她的朋友、孩子和自己的妈妈，还有她最喜欢的霓虹灯。

妈妈曾说，只要看着夜色中炫彩夺目的霓虹灯，她的心情就会变好，因为它们比缀满夜空的繁星还要闪耀，能把黑夜照亮得仿若白昼。如此喜欢首尔的妈妈却不得不离开，搬到跟首尔天差地别的庆尚南道河东郡（后来又搬到了尚州）。从那时开始，她每天都会多一份忧愁与担忧，更会多一声叹息，每晚都像孩子一样啼哭流泪，因为她实在不想搬去乡下。

搬去乡下并不是妈妈自己的意愿，只是听从了爸爸的决定。爸爸当时的梦想就是在乡下盖个房子,靠种地度过老年生活。正好那时,经营烤肉店的妈妈身体每况愈下,爸爸想着,反正过几年也要离开,不如将计划提前,也可以让妈妈好好调养身体,于是怀着些许激动又喜悦的心情,开始准备下乡务农。妈妈的表现却跟爸爸截然不同,她渐渐变得忧郁起来,身体不舒服可以去医院接受治疗,开烤肉店辛苦了稍事休息就好,但她无法对丈夫安排的一切视而不见。从未经历过乡村生活的妈妈,面对人生中最为重大的选择,最终下定决心:"算了,那里也是人住的地方,总不至于活活挨饿吧。"于是她追随丈夫的梦想搬到乡下去了。

几个月后,爸妈结束了都市生活的一切,搬到了无亲无故的庆尚南道最远端。当初妈妈是带着忐忑的心情去乡下生活的,到了之后妈妈却觉得那个地方比自己想的要好很多。空气清新,早上还能听到鸟儿们叽叽喳喳的叫声。然而一个月之后,她就开始怀念城市的灯光。

生长在首尔的都市女人需要在地里干从未接触过的农活儿,每晚则困在一片漆黑中,在这片陌生的土地上连一个朋友都没有,而且这种生活还要持续下去。这一切对妈妈来说都需要极大的勇气,苦闷重重地压在她的心头。

那是妈妈搬去乡下大约三个月之后。

"闺女,带我回首尔吧。"电话那头,妈妈有气无力地对我说,声音沉重而低落。

"出什么事了?"我问。

妈妈哽咽地说:"我想看……霓虹灯。"

妈妈说她想念霓虹灯了。

跟妈妈通完话,我又给爸爸打去电话,向他询问妈妈的情况。爸爸说妈妈似乎患上了抑郁症,并拜托我把妈妈接回首尔住一段时间,希望这样能帮助妈妈恢复健康。把妻子托付给女儿的爸爸会是怎样的心情呢?我的心里瞬间一阵刺痛,仿佛裂开了一道口子。

第二天,我动身前往爸妈所在的偏远乡村。我沿着蜿蜒曲折的路深入山中,正当我怀疑自己是不是走错路、慌乱无措之时,爸妈的房子出现在山头。我把车停在院子里,刚从车上下来,妈妈连鞋都顾不上穿,就跑出来将我紧紧揽入怀中。天啊，这真是我的妈妈吗？她从前有这样热情地迎接过我吗？再一看她的脸，原本白皙的皮肤已经染上了一抹古铜色，两颊也有明显的凹陷，看着妈妈这般消瘦的样子，泪水猛地涌了上来："妈，你怎么这么瘦了，没有按时吃饭吗？"

妈妈替我擦着眼泪："我瘦什么呀，你才更瘦呢。一路过来累了吧，干吗从首尔跑来这么远的地方？说起首尔，我都想不起那是多久之前的事了，好像隔着千万里一样。"

从首尔到这里，开车需要五小时，妈妈却说仿佛有千万里。与空间上的距离相比，心理上的距离让她感觉更加遥远。那一瞬间，妈妈就像个少女一样。

在后面看着我们母女俩的爸爸，默默地开始往后备箱里装妈妈的行李。

妈妈不忍心爸爸一个人留在乡下，迟迟不愿上车。好不容易上车了，在车开出乡村小路之前，妈妈还在不停回望独自留下来的爸爸，直到上了高速公路之后，她才渐渐镇静下来。

那天晚上，妈妈终于见到了三个月未见的霓虹灯，脸上露出了灿烂的笑容。她说，这美丽的夜景令她难以忘怀，比初恋还要美。看到妈妈像孩子一样兴奋地说着这样的话，我忍不住笑了起来。

妈妈看着霓虹灯，暂时忘记了乡村，重新变回了都市女人。大约过了半年，妈妈说她好像该回到自己的位置了，说自己现在好像真的没事了。她的状态跟当初毫无准备、一味附和丈夫梦想的时候截然不同，现在她是主动选择了那个地方。

待在首尔的这半年，对于妈妈来说也许是她为了成为更加健康、更加坚强的乡下女人而做准备的时间吧。

转眼20多年过去了，早已经变成乡下铁娘子的妈妈，还是会举起双手摇晃着说："闪闪亮亮的，我还是好喜欢霓虹灯。"

妈妈偶尔也想在外面吃饭

周围已婚的朋友经常说这样一句话:"别人家做的饭是最香的。"

但我的妈妈有些不同,她不仅喜欢做饭,而且看着别人吃下自己做的饭,她会特别幸福。比起别人做饭给自己吃,她更享受做饭给别人吃。喜欢做饭的妈妈手艺特别好,就算是口味有些挑剔的人,来了我家也能吃两碗饭。妈妈每次看到自己做的饭菜被别人全部吃光的场景,脸上都会露出兴奋的笑容。

妈妈做的饭给许多人带去了幸福，特别是爸爸，已经到了完全不在外面吃饭的地步，毕竟跟一般的饭店相比，妈妈做的饭菜更好吃。妈妈以前是开烤肉店的，那时很多客人为了尝到她的手艺特意远道而来。

可就算是这样的妈妈，也有极度厌恶做饭的时候，也就是每年6—10月。因为这几个月是桃子和葡萄完全成熟的季节，妈妈忙得焦头烂额。从凌晨3点一直到晚上10点，采摘、挑选、包装，还要把送到作目班[①]的水果和其他订单分开发货，这样的繁忙让她经常错过饭点。没有精力做饭，但又必须填饱肚子，泡面、泡菜和冷饭就是餐桌上的全部了，这个时节好好吃一顿饭成了极其困难的事情。

在一个忙着收获果实的夏日，妈妈很是烦躁地给我打来电话："你爸到底怎么回事呀？"

---

① 韩国农业协会在各地组织的最小单位，由同一区域内生产同一作物的农户组成，将农产品集中起来统一销售，以保证品质、流通渠道和利润。

面对没头没尾的这句话，我问道："爸怎么了？这么热的天，本来就没什么精气神，干吗发这么大的火？"

"你可说对了，天又热，又没精气神，不得赶紧吃点儿补充精力的东西吗？机器出了故障，起码还得上上油呢，我还不如机器吗？"

事情的来龙去脉是这样的。果园的工作十分辛苦，吃了好几天泡面也腻了，也想补补身体，总之出于各种各样的理由，妈妈那天想出去吃排骨。结果被爸爸一口拒绝了，说就算吃泡面，也得是自家媳妇给煮的，在家里吃什么都是最香的，干吗要去外面吃什么排骨。这之后发生的事，就算不听我也一清二楚。

"你就这么爱使唤我？不使唤我就难受是吗？你那么喜欢吃泡面就吃个够吧，以后敢让我做饭试试。"妈妈顿时暴怒。

爸爸这才反应过来，赶紧穿好衣服，哄着妈妈去吃排骨，但她已经彻底伤了心。

等我听她讲完，妈妈又开口让我替她点外卖订炸鸡。

本来就饿了一整天,再一发火,实在饿得受不了了。于是那天我订了两只炸鸡送到乡下家里。

一小时后,妈妈又打来电话,说正跟爸爸高高兴兴地分着吃炸鸡。她说自己就是需要这样的东西,却因为不解风情的爸爸,一时气急攻心。还说女人会因为很小的事情而感动、开心和幸福,男人怎么就一点儿都不明白呢,非要全部说出口才行。两只炸鸡就让妈妈之前的怒火消失得无影无踪了。

我曾听一位妈妈说过这样的话——妈妈们做饭最伤心的一天,是过生日时还要自己煮海带汤[①]。就算不是经常在外面吃饭,起码每四个月一次也好。对妈妈们来说,"在外面吃饭"并不是单纯的"吃饭"这个行为,而是让她们摘下"妈妈"的头衔,暂时变回一个"人"。所以在外面吃一次饭带来的效果,对她们的生活而言有着极高

---

① 生日当天喝海带汤是韩国的一种习俗,据称是为了纪念母亲生育的痛苦,因为在韩国海带汤也常用于产后补身。

的价值。

我突然想起了那天的两只炸鸡,还有妈妈的声音,吃着炸鸡就会忘了上一秒自己还在生气而幸福地笑着。我轻声一笑,不知那两只炸鸡对妈妈的生活来说是否也有那样的价值。

除了炸鸡,偶尔也得考虑带妈妈去气氛不错的餐厅吃顿饭了。

对不起，
女儿没能为你做些什么

一大早，手机就响个不停。半梦半醒间我接起电话，是妈妈。

"闺女，睡觉呢？"

一种不祥的预感让我猛地清醒过来，我说道："没有，醒了。怎么了？有什么事？"

"没事，就是天太热，有些乏力。"妈妈回答道。

这老太太骗谁呢，明明声音里充斥着"我现在有非常重要的事"的气息。

"明明就是有事，怎么了？你说吧。"

妈妈半天没有说话，这种时候她大抵是在流眼泪。

"怎么哭了呀，什么事嘛？"

妈妈抽泣着说："桃子，桃子的价格暴跌了。"

原来是桃子的价格创下历史新低，所以惹哭了妈妈。

"我和你爸昨晚一宿都没睡觉，根本睡不着。"

"桃子？这次不是说要交给农协吗？"

"是给农协，但一箱还不到1万块钱（韩元），而且卖100箱才给30万（韩元）。"

"只有咱家这样吗？"

"不是，附近都这样。现在大家都乱了，这点儿钱连雇人的费用都不够，今年大家都要负债了。"

妈妈再次哽咽，接着大哭起来，说自己腰上足足做了四次手术，大夏天顶着酷暑受了那么多罪，竟然连人工费都赚不回来，她不知道为什么会发生如此悲惨的事。

听妈妈讲了半天，我说出了一直藏在心里的话："妈，你跟爸都别干了，回首尔来不行吗？"

"去首尔靠什么维持生活呀？"妈妈气冲冲地说。

"还能活活饿死吗？农活儿什么的都别干了，你们还是回来吧。"我再次说道。

妈妈的腰伤复发,连带着腿都开始疼,肩膀韧带拉伤,胳膊也经常无法正常活动,可就因为要干农活儿,去医院的时间总是一推再推。听她说全身疼得晚上睡不着觉,我让她马上去医院,她会说"现在去不了,等这一茬忙完再去"。这些倾注了她心血的果实,是她强忍着身体不适、挥洒汗水种出来的,不仅没能回报她的辛劳,反而要让她欠债。费尽辛苦的结果竟是无法获得恰当的报酬,世上还有比这更气人的事情吗?

"我就是没地方诉苦,心里又郁闷,所以才打这个电话给你。"妈妈的话让我无言以对,只能嘱咐他们好好吃饭、好好睡觉。

跟妈妈通完电话,为了一扫沉闷的心情,我准备去洗澡,却突然想起曾经的白菜风波。当时白菜的价格暴跌,农户们不愿贱卖,便把菜地都犁掉了。说实话,那时我还无法完全理解他们的忧愤之情,不懂他们为什么要做到如此地步。

想想当时坐在地里痛哭的农户们该是怎样的心情

呢？如今妈妈又是怎样的心情呢？面对倾注了自己心血的果实只能忍气吞声低价贱卖的现实，也只能强忍悲痛的泪水吧。

在这种状况下，我能为妈妈做的事却少之又少，不，应该说没有一件事是我能做的。我第一次真正体会到无能为力的感觉，一种苦涩、自责的情绪涌上心头，让我难以忍受。我拿起手机回拨了妈妈的电话。

"李女士，什么时候来首尔？"

"正好下周我得去一趟，你姥姥说想要些桃子，快递过去太不值了，我就直接带过去吧，怎么了？"

"爸呢？不一起来吗？"

"你爸？不好说，也可能不去吧，干吗一直问啊？"

"一定要一起来，请你们吃好吃的，打起精神来吧，李女士。"

我铿锵有力的声音让妈妈扑哧一声笑了出来。妈妈笑了，她的笑声让我不由得挺直腰板，紧握拳头。接着，妈妈说出的一句话沉甸甸地在我的心中回荡："谢谢你，闺女。"

我能为妈妈做的事却少之又少，
不，应该说没有一件事是我能做的。
我第一次真正体会到无能为力的感觉，
一种苦涩、自责的情绪涌上心头，
让我难以忍受。

要么爱极了，要么恨极了

那是在跟妈妈接连闹了两天别扭之后。其实细究起来根本不是什么大事，我却一时没有忍住又向妈妈发了火，不禁有些懊悔。

这也生气，那也生气，慢慢地，我的情绪变得很糟糕，心里更是受伤。我跟妈妈怎么一见面就如此剑拔弩张呢？所有母女都是这样吗？还是只有我们才这样？

一整天都在想这些事情，我心烦意乱，也因此无法集中精神工作，更想干脆把手机关机，不接触任何人，好好静一静。于是我决定工作结束之后就回家洗漱睡觉,不然我可能随时都会爆炸。

然而不如意之事常八九,哪会天遂人愿。忙完一天的工作,当我正拖着疲惫的身心往家走时,朋友打来电话:"干吗呢?"

嗯,我现在在干什么来着?我正拖着沉重的身体往家走呢,犹如吸满了水的棉花。于是我回答道:"我在回家的路上。"

朋友立刻说:"是吗?那一起吃晚饭吧。"

我问道:"怎么了?是有什么事吗?"

朋友说:"就是有点儿郁闷。"

看来朋友的心情跟我差不多呢,既然如此,就跟朋友一起吃吃饭、聊聊天应该也是不错的选择。

"好吧,我也是实在郁闷,心情跌到谷底了。在哪儿见面?"我问道。

朋友说:"郁闷的时候当然要吃辣乎乎的炖鲅鲦鱼了呀,我刚知道一个好吃的地方。"

能让心情变好的炖鲅鲦鱼是妈妈最喜欢的一道菜,想到这儿我不禁发出一声苦笑。

妈妈不喜欢吃海鲜，因为她觉得腥，但是炖鮟鱇鱼却是她少数爱吃的菜品之一。心情好的时候要吃，忧郁的时候配上烧酒要吃，压力大的时候为了能放松身心要吃，与朋友们相聚的时候更是要吃，总之妈妈真的很喜欢炖鮟鱇鱼。

我跟着妈妈吃过几次之后，慢慢地也开始喜欢吃炖鮟鱇鱼了。

朋友推荐的这家店铺因为口碑很好，前不久还被媒体报道过。我们到达时，也许是时间还早，客人没有想象中那么多，落座后，我们点了店里的招牌菜——炖鮟鱇鱼。

不一会儿，炖鮟鱇鱼和蛤蜊汤就端上桌了。要是放在平时，我手中的筷子早就动个不停了，但此时看着眼前诱人的食物，不知为何我有些失落、怅然，仿佛有一团热乎乎的火在心脏周围打转，让我更加思念妈妈。

为了尽快摆脱这种情绪，我夹起一大块鱼肉吃了起来，的确很美味。明明很好吃，但留在嘴里的却是一股苦涩的味道。

妈妈现在应该也很想吃这香辣美味的炖鮟鱇鱼吧。

和女儿大吵一架之后，妈妈的心里肯定也不是滋味。

"我妈也特别喜欢这道菜。"我突然开口说道。

听了我这不着边际的话，朋友问道："怎么，想妈妈了？"

"我哪有心情想她？我跟她吵架了，已经两天了。"

朋友咽下嘴里的鱼，扑哧一笑："其实我也刚和我妈吵完架，看来母女原本就是这样的吧。"

也许是朋友的话起到了安慰作用，我不由得笑了起来。接着我俩像是产生了某种共鸣，滔滔不绝地开始分享自己和妈妈的故事。

我们抱怨着，明明应该是世界上最要好的关系，可有时彼此仿佛又是世界上距离最遥远的人；既然无法改变妈妈，那就试着改变自己。

今天先饱餐一顿，明天再去跟各自的妈妈说声抱歉吧。虽然不知道为什么每次道歉的都是女儿，明明她们嘴上说着爱女儿，可是却讨厌给女儿道歉。

和朋友聊过之后，我找到的答案是，母女说到底都是又爱又恨的关系。要么爱极了，要么恨极了，至死方休。

这一次，我吃到了世界上最苦涩的炖鲅鳒鱼，这苦涩也许是以母女之名给彼此带来的种种伤痕所致。

看来明天得立刻跟妈妈道歉才行，怅然的心情要是持续下去，不光是炖鲅鳒鱼，我人生中所有的味道都要变得苦涩了。

这样想着，我在心里默默地写下了一段话：

妈妈，既然平时你都不跟我计较，今天就再通融一次吧。

毕竟我也是人，要我现在立刻跟你说出道歉的话还是不太容易，因为我确实也伤了心。

但只要过了今天，我们就会和好如初，像以前那样。

然后在某一天我们可能又会吵得不可开交。

毕竟那就是妈妈和我一生的关系。

但有一件事我希望你知道——妈妈，女儿是真的爱极了你。

我跟妈妈怎么一见面就如此剑拔弩张呢?

所有母女都是这样吗?

还是只有我们才这样?

……

和朋友聊过之后,我找到的答案是,

母女说到底都是又爱又恨的关系。

要么爱极了,要么恨极了,至死方休。

第 4 章

也许这是第一次好好看妈妈

妈妈比花更美

那是一大早就忙着做紫菜包饭,为教堂举办的活动做准备的时候。一边跟传教士谈天说地,一边做着紫菜包饭,对话的主题不知不觉间变成了妈妈。我们东拉西扯聊了半天,最后传教士说道,其实她对自己母亲知之甚少。

那天我回到家里,试着写下了自己了解的,关于妈妈的事情。

姓名:李熙静
年龄:五十大几

特长：做饭

性格：爱哭、感性、说话直接、喜爱动物等（多血质）

职业：农妇、主妇、妈妈

好友：允子阿姨（30年知己）

喜欢的东西：？？

我一边回想，一边写下关于妈妈的各种事情，结果卡在了她"喜欢的东西"。妈妈喜欢的东西……喜欢的东西……喜欢的东西……我搜肠刮肚，思索了许久，却想不出答案。正当我紧皱着眉头绞尽脑汁之时，蓦然想起，妈妈很喜欢花。

春天果园里盛开的桃花，初夏填满花坛的牡丹，夏天的葡萄花，秋天满山的枫叶，冬天挂在果树枝头的纯白雪花，妈妈经常拍下这样的照片或视频，发送到全家人的聊天群里。

不管遇到多么不顺心的事，每次看到那些花，我就仿佛得到了治愈。妈妈发完花的第一条消息总是：

看看这花，多漂亮啊！

妈妈说"多漂亮啊"的语气就像少女一样。看着盛开的花朵，想到妈妈按下手机快门时比花朵还要灿烂的脸庞，我的嘴角便不由得上扬。

花都盛开啦，可漂亮了。
看了这些花，孩子们今天也要加油啊！

妈妈生怕在外地的子女艰辛度日，便用花来给予我们安慰。在自己看不到、不了解也照顾不到的地方，希望孩子们在各自的位置上度过愉悦的一天，妈妈的这般心意完完全全传递了过来。每次收到她诚心诚意的照片，我蜷缩的肩膀就会舒展开来，畏缩的胸膛高高挺起，佝偻的后背也挺直起来。妈妈发来的照片让我周身仿佛萦绕着花香，紧张的身体慢慢放松下来，心情恢复了平静。

妈妈很爱分享，无论是物品还是令人愉快的消息。

就算把自己最好的东西全都分给周围的人,她也能露出明朗的笑容。自己再怎么吃亏、再怎么辛苦,也要慷慨解囊才心安理得,这就是我的妈妈。

妈妈这样的性格在子女面前尤为明显。就算腰上做了好几次手术,也非要腌泡菜。买了一堆沉甸甸的东西,我要拎,她就说:"闺女,我来,你别拎。"然后拎起东西昂首阔步地走在前头。我发了工资,想给她买点儿什么,她却什么都嫌贵,不愿花自己女儿不吃不睡写字挣来的钱,非得自掏腰包。不管什么最好的、最香的东西,都忙着先喂进孩子嘴里。

比起"接受","给予"更让妈妈感到幸福。比起什么都紧紧攥在手里不放,她更喜欢毫无保留地摊开双手,与周围的人相握。别人辛苦的时候,她也懂得分享一食一饭的温情,招呼着:"来我家,饭都做好了,吃一口再走。"

拥有如此感性的妈妈,懂得与家人和周围的人一同分享好东西的妈妈——

比花更美。

妈妈生怕在外地的子女艰辛度日，
便用花来给予我们安慰。
在自己看不到、
不了解也照顾不到的地方，
希望孩子们在各自的位置上
度过愉悦的一天，
妈妈的这般心意完完全全传递了过来。

姥姥的行李箱里装着对妈妈的爱

为了看望住在乡下的女儿，姥姥一早就开始忙碌。也不知道准备了多少东西，冰箱门来回开关了十几次，提前十天去南大门买来的膏药、各种药品，还有一些衣物，一样不落地仔细装好。我坐在客厅沙发上，看着姥姥忙活了好一会儿，忍不住开口道："刘女士，装那么多东西干吗，路上怎么带啊？真是的。"

"哎呀你这丫头，别念叨了。姥姥不管扛着还是拖着，总有办法。"

面对姥姥的数落，我无可奈何，只好继续旁观。

不知过了多久，行李似乎终于打包完了。看着姥姥最后一一检查有没有落下的东西，我不禁露出微笑，心想去女儿家就这么开心吗？姥姥就像要去郊游一样兴奋，样子仿佛少女，又像个羞涩的大姑娘。

恐怕这么多行李不好拿，我提出开车送她，姥姥却说："火车上不是有餐车吗？我要坐火车去。"

因为姥姥的固执，我们两个人连拖带拽，好不容易把那些行李装上了火车。如她所愿坐在餐车中，喝着咖啡吃烤肠。看着像孩子一样开心的姥姥，我的喜悦之情如潮水般涌来。选择火车而不是憋闷的汽车，真是太好了。

炎炎夏日中的妈妈忙得连晾晾汗的时间都没有，还没顾得上好好跟姥姥打声招呼，就又去果园了。姥姥把带来的一大堆行李一件件拿出来，在一旁收拾起来。过了一会儿，玄关处传来"呼哧呼哧"的喘气声和"啪啪"拍打衣服上泥土的声音，是妈妈回来了。妈妈一刻都不得闲，一进家门就去冲澡，然后把大米放进电饭煲，又忙着煮汤。看着妈妈的样子，姥姥用隐约能让她听见的声音说道:"也不知道你妈怎么回事,没嫁人的时候明明是个软乎乎的乖宝宝呢……"

看着成了乡村铁娘子的妈妈,姥姥经常说这样的话,这次还干脆把妈妈叫到眼前数落起来:"你年纪轻轻的,脸怎么成了这样。女人就得打扮打扮呀,去地里的时候连防晒霜都不抹吗?"说着从包里拿出防晒霜和营养霜,推到妈妈面前。

一开始,妈妈把姥姥的话当真了,摸着自己粗糙浮肿的脸,盯着眼前的防晒霜和营养霜发呆。接着不知为何,情绪激动得哽咽起来,哭着把憋在心里的话全都说了出来:"你以为我是不想吗?凌晨四五点就起来,一顿正经饭都吃不上,在地里忙活一整天。回到家就累成一摊烂泥,倒头就睡。你还想让我怎样,我也烦死这破乡下了。"

妈妈两手胡乱抹了抹满脸的眼泪和鼻涕,便出去抽烟了。我愣在原地,赶紧先看看姥姥的脸色。

姥姥开口道:"唉,都怪老太太胡说八道,白白让她烦心了。越老越惹人烦,说的就是我啊。"说着拿起防晒霜和营养霜,往妈妈的梳妆台去了。

我实在无法理解,明明没什么大不了的。姥姥只是心疼在乡下受苦的女儿,想安慰安慰她,连自己都不用的防晒霜都带来了。外面传来妈妈伤心的哭声,究竟是什么让她如此委屈呢?

好像心里有多大的冤屈一样,哭了好一阵子的妈妈这才镇定下来,顶着肿得睁不开的眼睛回到屋里,然后仿佛什么事都没发生一样,走到姥姥旁边,开始谈天说地。姥姥也若无其事地附和着她的话。

最近妈妈哪怕只是遇到一点儿小事都控制不住情绪。吃着饭或者跟附近的朋友们喝着烧酒,都会莫名其妙地哭起来,有时还会激动得满脸通红。让妈妈变成这样的是更年期,比青春期还要猛烈的更年期。

妈妈是不是在更年期回到了自己最为单纯的时候呢?想哭就哭,想发火就发火,想被人安慰的时候就给女儿或者自己的妈妈打电话,花上一两个小时,一直聊到心情变好。

也许妈妈正在经历人生中最纯粹的"少女期"吧。

需要休息

弟媳上午打来电话,气得呼哧带喘,声音里满是委屈,闷闷的哭腔里又带着某种死心断念般的凄楚之感。

每当弟媳这样的时候,我只有一种反应,那就是静静听她倾诉,默不作声。

"到底为什么,姐姐?为什么只有我要承受这一切?"弟媳没头没尾地说了起来。

"真不知道为什么只有我要做这种事。嗯?姐姐,是因为当了妈妈,就得忍辱负重吗?要真是这样,那妈妈也太可怜了,为什么当妈妈就得舍弃这么多东西?"

她说自己累得要死，不知道什么时候才是个头，恨不得抛下一切，找个地方藏起来。她说自己在那一瞬间，真心想要放弃一切，要不是因为孩子，真想全都放下。她的话语仿佛充满了世间所有的忧伤。

其实弟媳感受到的是身为女人的委屈，原来事情是这样的：虽然怀孕生子时的喜悦千金不换，但每当从镜子里看到自己跟从前大不相同的样子，就感到气愤不已。更让她不满的是，丈夫（我弟弟）却似乎日益年轻起来，要是一起外出，总会更加自惭形秽。看到对自己的种种担忧浑然不觉，还在外面喝上好几天酒才回家的丈夫，就气不打一处来，恨不得给他一拳。孩子每天对爸爸心心念念，为了给父女创造一点儿共处的时间，想让丈夫送孩子去幼儿园，却不管怎么叫都叫不醒，气得自己脑袋直冒火。孩子在成长，各方面的事情却似乎只有自己在操心，丈夫还是更喜欢跟朋友们在一起，也不知道怎么能这么不懂事。自己要是想跟朋友约着出门，总得看各种眼色，两三个月才能成行一次，所以有时看着尽情享受个人时间的丈夫,心就会"扑通"往下一沉。(声明一下,弟弟虽然时常有些不太懂事的行为,但并不是只会让弟媳伤心的人,其实他还算是一个称职的一家之主。)

弟媳在通话的最后说了这样一句话:"姐姐,我也想歇歇了。"

听着弟媳讲述身为妈妈的日常生活,说实话我无法完全理解那些只有为人母才有所体会的痛苦和孤独,着实深感遗憾,心里的某个角落也隐隐作痛。在跟弟媳一个多小时的通话中,我不禁细细追溯起了妈妈的一生。

妈妈还没有变为成熟的大人,就当了妈妈;在自己都还不懂事的时候,为了做一个妈妈,千辛万苦地熬过了那些岁月。要是手里有点儿钱也舍不得自己花,而是都用在孩子们需要的地方。要是去哪里参加聚会,吃到了美味的食物,也会因为想到家人而深感自责。买衣服的时候习惯先看价格,价格略高的衣服已经很久不买了,那些钱都用来买塞满冰箱的家人们要吃的食材。比起跟朋友聊天，她看电视剧的时间越来越多，沉浸其中，跟主人公一同嬉笑怒骂、痛哭流涕。一大清早醒来，就算也有想赖床的时候，也怕耽误了家人的早饭，而不敢睡懒觉。全家人热热闹闹齐聚在乡下的时候，她为了准备美味的饭，忙得脚不沾地。等人都走了，她也一刻都不得闲，又接着收拾被弄乱的屋子。

想到妈妈度过的那些时光和岁月，我的胸口突然一阵发酸。对于妈妈来说，跟家人在一起的那些时间虽然无比珍贵，但偶尔是否也会觉得这样的日常过于严酷残忍了呢？

因为身为人母而舍弃了那么多，妈妈觉得没关系吗？成为妈妈之后，渐渐变得不会享受自己的时间了。也许她反而觉得放弃那些时间也好，为子女、为丈夫、为自己的家人而奉献的日子，让她心怀感激和慰藉。

妈妈怎么会没有想放下一切的时候呢？怎么会没有想抛开一切的欲望呢？她一定也想暂时不管洗碗、打扫和各种家务事，几天时间里只做自己想做的事，去自己想去的地方，不用看谁的眼色，把自己想吃的东西吃个够。她一定很乐意为自己腾出这些时间，也一定想要各种各样的休息，然而就算在这种时候，她也总是很快意识到自己妈妈的身份。只有如此，她才能再次挺过那身为人母的漫长旅程。

妈妈仍然为了献出自己所剩无几的一切，心甘情愿地不断伸出手来；告诉我们，累的时候就牵起她的手；告诉我们，这样就没什么大不了的了。

在思念你的日子，
在想见你的时候

我们每个人都拥有特别的记忆。初次约会的日子，结婚纪念日，跟喜欢的人看了一部好电影的日子，偶遇思念之人的日子，数十次面试落选后终于被录用的日子，还有面临离别和新的开始时，有许多"特别"存在于我们的心中。

对妈妈来说，特别的日子是缓解思念之情的时候，我把它叫作妈妈的"思念治愈"。妈妈在思念什么的时候，有做饭的习惯。如果是浓烈的思念，她就会煮大酱汤或者香辣爽口的鱿鱼锅。如果是一整天都如影随形、无法摆脱的思念,她就会做些必须细嚼慢咽的小菜,比如劲道的拌猪皮或者明太鱼干。要是给异地生活的孩子们打电话,听到声音有气无力,想一口气跑过去拥抱安慰的时候,她就会做泡菜炖脊排之类的菜。妈妈喜欢做饭,复杂微妙地交织在一起的各种情绪,她都用做饭来纾解。在所有的日常日子里,妈妈尤其喜欢在春天做紫菜包饭。不软不硬的米饭用香油和盐调好味,里面放上煎得漂漂亮亮的鸡蛋丝、黄瓜、胡萝卜、蟹肉、牛蒡、腌萝卜、鱼糕等十几种材料,再紧紧包好,这就是妈妈牌超级紫菜包饭。

妈妈做紫菜包饭的日子,我的手机一定会响。

"闺女,干吗呢?"

"我?还能干什么,工作呗。"

像是故意气我一样,妈妈塞上一大口紫菜包饭,"咯吱咯吱"嚼着说:"我今天可是做紫菜包饭了呢,(炫耀似的又塞了一口)今天的紫菜包饭怎么这么香呀。"

我的反应也一如既往:"可恶,我呢?我也想吃妈妈做的紫菜包饭。"

妈妈好像就等着我这样的反应,开心地笑着说:"那你现在过来呀,只要来了,你想吃的我都给你做。"

妈妈只要看见背着大大的书包去郊游的孩子们,她就会想起曾经年幼的一双儿女,现在是不是也去郊游了呢?有人给他们做紫菜包饭吗?会不会没带紫菜包饭而挨饿呢?或者紫菜包饭会不会太寒酸,而无法融入其他孩子呢?出于这样的心情,妈妈尽可能多地做了紫菜包饭,又独自狼吞虎咽地吃光。

也许正因如此,只要是我从乡下回首尔的日子,妈妈总会一大早就开始做紫菜包饭,没有一次例外。仿佛是为了弥补过去没能给孩子们吃紫菜包饭的遗憾,她放的材料比平时还要多,做出的紫菜包饭撑得都快要爆开了。在回首尔的路上,吃着好吃的紫菜包饭,满满的思念的味道和爱的味道沁人心脾,所以我很喜欢把那巨大的紫菜包饭塞满一嘴。

对我来说，妈妈做的饭永远是思念的味道：可口的思念，发涩的思念，微苦的思念，爱的思念，痛的思念，晶莹明亮的思念，想要相见的思念，恋恋不舍的思念，寂寞的思念，孤独的思念，凄凉的思念，幸福的思念。

写给妈妈的一封短信：

妈妈，虽然有些晚，但还是想对你说声抱歉，

过去我没有用尽全力去爱你。

对我和弟弟的思念总让你的心被碾碎揉烂，

难以愈合却仍锲而不舍。

我却没能对你多一些体谅、多一些关心，

对不起。

如果我能更了解你的人生……

如果我能更爱你的人生……

你的心情会如何呢？

仅仅是你的存在就让我的人生变得如此充实，

仅仅是能以妈妈之名呼唤你，

我就成为如此自信自重的人。

直到最后都没有放弃我，没有丢下我，没有忘记我，

谢谢你。

长久以来你的忍耐和坚持，

现在就由我来慢慢地一一给予安慰吧，

就像你为了我所做的那样。

下面的话应该多说十遍：

我的妈妈，我唯一的妈妈，

你是我的妈妈，真是太好了。

妈妈，我爱你，我的妈妈。

妈妈如花般盛开

共鸣，对所有人来说都是如此：共鸣会成为一种安慰，让发痒之处得以解脱，让我成为你，也让你成为我，彼此同化，共享心情，相互理解。而引发共鸣的关键往往不是合乎逻辑、一目了然的定律，很多时候都始于轻松的对话。

我的妈妈喜欢聊天。跟倾听相比，她更愿意倾诉。她喜欢说话，喜欢热情地跟别人分享自己。跟人聊天的时候，说话的时候，她看起来十分幸福。我跟妈妈的通话短则二三十分钟，长则接近一个小时，除了互相交流感情，更多的时候是我单方面听她说话。

我能毫不拘束地主动去亲近别人，就是随了妈妈的性格。她跟初次见面的人也能立刻亲近起来，面对保持距离的人，也能用某种特别的力量将其拉近，对方越是往后躲，她就越是靠近。妈妈能这样跟人亲近，也是从聊天开始的。

我听到妈妈做了腰部手术的消息，就立刻前往医院。进了病房一看，四人间里住着妈妈和另一位也做了腰部手术的阿姨，两人正低声细语地聊着天。这其实没什么好惊讶的，让我吃惊的是，妈妈当天早上才刚刚换了病房。天啊，换了病房还不到小半天，她已经管对床的阿姨叫"姐"了。

"姐，这就是我闺女，我跟你说过的，她是编导。"

我礼貌地笑着打招呼，阿姨就像见了熟人一样热情地欢迎我。打完招呼，我开始检查妈妈的状态，前前后后地忙活着，她们又继续聊天了。从果园的农活儿开始，到当编导的女儿、日常生活再到丈夫，话题源源不断（感觉妈妈已经把我们家的事都跟阿姨说了）。看着妈妈那副样子，我莫名有些心酸，又有些想笑。

那些话语里也许有无数想跟女儿说的话，有无数藏在心里的事。我这个女儿是多么让妈妈感到寂寞，也从中一览无余。

回想起来，在我忙于工作时如果接到妈妈的电话，我就会敷衍地说："妈，我现在忙。（心不在焉地听着）哦哦，嗯嗯，知道了，知道了。过一会儿我再打给你。"

要是在我比较闲的时候，妈妈想聊聊之前积攒的话题，我会说："哎呀，知道了，知道了，好，好。"我依然是敷衍了事。

要是妈妈担心身在外地的女儿，唠叨个不停时，我会说："妈，差不多得了，别说了，一句话说两三遍，耳朵都要起茧子了。"我对妈妈完全没有耐心。

我以为自己知道，以为什么都明白，以为妈妈想说什么我都知道，以为她的心情我都理解，以为她的话都是唠叨，以为她的唠叨都是瞎担心，都是自怨自艾。

有一次，妈妈遇到了某件让她极为伤心难过的事。不管我怎么追问，她都不愿明说。我劝她，不跟女儿说还能跟谁说,我都会听的,让她放开了讲。妈妈却不情不愿,然后看似随意地抛出一句话:"你又不听我说话,还是算了吧。"

听到这话,我也觉得委屈,心想她不愿意说就拉倒,便就此翻篇。大概过了30分钟,跟妈妈关系很好的邻居阿姨来了家里。妈妈见了朋友简直高兴坏了,之前怎么劝她都不愿开口,现在反倒主动打开了话匣子,把伤心难过的事一吐为快。看到妈妈的样子,我目瞪口呆,也不知道那30分钟她是怎么忍住的。我心里的委屈一下子涌了上来,甚至瞬间觉得妈妈有些讨人嫌,本来想说点儿什么,但一想到妈妈的那句"你又不听我说话,还是算了吧",张开的嘴巴不禁紧紧闭了起来。妈妈的话不仅让我无法辩驳,更让我又恼又羞。

看着妈妈跟同病房素昧平生的阿姨都能默契十足地愉快聊天,无穷的歉意和心疼让我的胸口一隅如针扎般刺痛不已。

那天,我一直紧紧握着妈妈的手。已经不知多久没握过她的手了,世上还有我这么漠不关心又骄横的女儿吗?我曾以为自己在妈妈面前算是很不错的女儿,但那是我的错觉和傲慢。不懂体谅妈妈心意的我,是个木讷又冷漠的女儿。妈妈一定用尽了所有办法,想要去拥抱这样一个女儿,一定想过说不定只要抱一抱,女儿就能重新回到自己温暖的怀抱。

妈妈说话时,就像是繁花盛开。我想守护妈妈的唠叨,就像守护春天盛开的白色木兰花一样。

我们生活的模样，
还有相爱的模样

"闺女，你有约了吗？明天我要去首尔。"

五六月份忙完给桃子和葡萄套袋的工作，妈妈发来短信。这种时候就算已经有约也得推掉，因为不能拒绝辛苦劳作后暂时来休息的妈妈。每天把忙碌挂在嘴边的我，要不是这种日子，什么时候才能跟妈妈见面呢？

几个月没见，妈妈的脸又晒黑了一些，不知积累了多少疲劳，满脸浮肿。看着妈妈的模样，我鼻头一酸，胸口一阵揪心的疼痛。

妈妈不知是否明白我的心情，一直笑眯眯的，像是结束了忙碌工作之后，一身轻松来旅游的人。

听说妈妈来了，姥姥一口气从养老院赶来我家，对着许久未见的女儿左看右看，观察得十分仔细。就在那时，妈妈仿佛等待已久，冲着姥姥张开了右胳膊："妈，你看看我这儿，胳膊上好像又长了什么东西。"

听到妈妈撒娇，姥姥一脸惊讶，赶紧摸摸她的胳膊，忧心忡忡地说："哎呀，胳膊又怎么了呀，怎么胳膊又……"

妈妈的肘窝里有一块像囊肿一样软软的鼓包："妈，看来我也老了，总长这种东西。但摸它也不疼，奇怪吧？"

姥姥看看女儿发牢骚的脸，又看看她胳膊上的肿块，脸上写满了担忧。妈妈则在一旁喋喋不休地絮叨着鸡毛蒜皮的事。

看着妈妈和姥姥的样子，我扑哧一声笑了出来。这个时候的妈妈，是个不折不扣的女儿。

妈妈在生病的时候、难过的时候，最先找的一个人，就是她自己的妈妈。姥姥看向她的眼神五味杂陈，似乎是心疼跟自己一样一天天老去的女儿，又好像觉得她不停唠叨的样子很是可爱。

不知过了多久，趁着妈妈出去抽烟的工夫，姥姥对我说："你妈真是个可怜人，一辈子净受苦了。我这个老太婆也不盼别的，就是每天祈祷她能过上好日子。"

姥姥的话语中包含着许多心意，既有面对年近60的女儿依然情深意切的慈母之心，也有身为人母的担忧之情。日渐老去的自己如果哪天离开人世，女儿还能跟谁说说心里话呢？

我回头看向妈妈离开的玄关大门，呆望着出了神。深入肺腑的痛感再次袭来，仅仅是妈妈的存在就让我备感安慰，成为我恣意人生的力量。我能够活出自我，正是因为妈妈永远守在那份力量的中心。

在我发火顶撞妈妈的时候，她曾说过这样的话："喂！你要是再这样，我也找我妈告状了啊，就你有妈？我也有妈。"还记得当时听见这句话，我当场就愣住了。

妈妈抽完烟回来，又坐在姥姥身边，接着打开了还没见底的话匣子。

我家生活着三代母女，有总是温和的姥姥，有她热心肠又爱哭的女儿，这个女儿又有一个能说会道、想变得跟她们俩一样的女儿。

我们就这样生活着，并且相爱着。

妈妈在生病的时候、难过的时候，

最先找的一个人，

就是她自己的妈妈。

姥姥看向她的眼神五味杂陈，

似乎是心疼跟自己一样一天天老去的女儿，

又好像觉得她不停唠叨的样子很是可爱。

有些事
只有女儿才能做到

对妈妈来说,我这个当编导的女儿简直就是万事通。

"闺女呀,这个放音乐的东西不管用。"

"闺女,我要跟阿姨们去旅游,你觉得哪儿好呀?"

"闺女,聊天软件失灵了,是哪儿出问题了吗?"

"闺女,打印机它……"

"闺女,忙吗?这个电视……"

天啊,家里只要有什么事,她总是最先找我。每次我都这样说:"妈,你闺女是编导。"

像是把编导女儿当成了万能解决师一样,妈妈就算遇到一点儿小问题,都要给我打电话,我也每次都会给她开出合适的"处方"。

之所以我会变成这样,是因为有过一个令人哭笑不得的意外。那是爸妈从庆尚南道河东郡搬到尚州刚刚几个月的时候,妈妈有一次哽咽着打来电话。正值农忙时节,夫妻二人顾不了那么大的果园,便向乡里申请人手,却被告知要等一年才能排到我家。问题是,比我家还晚申请的果农们,全都分配到了人手。显而易见是"欺生"。都说在乡下生活更不容易,这话果然不假。

听妈妈说了来龙去脉,虽然我也着急,但我不能跟她一样只顾着生气,深呼吸了几次,跟她要来乡里行政事务负责人的名字和电话,打了过去。我先问候了负责人,介绍自己是最近移居过去的人家的女儿,问他是否真的一名人手都腾不出来。面对我轻声细语的态度,这位负责人趾高气扬地说:"啊,真不好意思,现在真没人手了,没有了。"

"真没人手"的话让我嗤笑出声:"可今天我家邻居说给他们分配了人手。他们比我家还晚申请了三天呢。"

负责人似乎有些心虚,牵强地狡辩起来,说那家上一年就已有预约,只是被遗漏了,所以重新申请只是走个形式。还说移居来的人本应立刻进行劳务申请,我家申请得太晚了。他嚣张的态度让我火冒三丈,但我要是在这时跟他吵起来,事情只会闹得更僵,一点儿都帮不上爸妈的忙。想了想,我决定提出一个方案,便向负责人表明了自己编导的身份(当时我做的不是电视节目,但作为副业,也做过几档农村相关的节目,出于互帮互助的意图,想着他或许也需要一些帮助)。他的态度瞬间转变,像犯了大错一样:"啊,您是编导呀?"感觉在连连点头哈腰。然后他说这件事可能是弄错了,马上会去打听人手,还确认了好几次我家的地址和爸爸的名字。虽然他的态度突变让我很是诧异,但既然说了会保障人手,我便满意地挂断了电话。

第二天,妈妈打来电话:"闺女,你施了什么魔法呀?"

嗯？魔法？在说什么？我正一头雾水，妈妈兴奋地说道："不是，你昨天跟那个人说了什么啊，原来要等一年才有的人手，怎么一天就来了四个？"

"啊，是这件事。其实我没做什么特别的事情，只是表明了自己编导的身份，那位负责人态度就突然转变了，说会马上帮忙打听人手，我连说明自己意图的时间都没有。"（这种情况是第一次，也是最后一次。希望各位读者能理解，这是为了解决爸妈的人手问题而不得已选择的办法。）

之后通过妈妈了解到，当时乡里正在接受行政监察，生怕有什么差池，负责人才改变了态度。虽然我表明自己节目编导的身份不是为了威胁，而是想要互相帮助，他却害怕得主动低了头。

从那时开始，我就成了妈妈的百事通，她开始坚信自己的编导女儿能解决一切问题。

姥姥说过这样的话："父母年轻时是子女的靠山，但年纪越大就越需要子女的保护。"我不禁想到，对妈妈来说，需要女儿的时间是否也在日渐增长呢？

不知从何时开始,妈妈看字需要拿远一点儿了,还经常揉搓她那双日渐模糊的眼睛,干农活儿累了睡觉会打呼噜,做的饭偶尔会很咸。也许她真的需要一个能看清内容,并给她念出来的女儿;在打呼噜的夜晚,会把她的头轻轻转到一旁,然后给她盖好被子的女儿;做饭拿不准味道的时候,会在一旁尝一尝、帮忙调味的女儿。

我想成为在妈妈需要的时候,能让她的内心变得丰盈的女儿。

长大后，
就懂得了爱妈妈

我 20 多岁的时候，最常听妈妈和姥姥说的一句话是："唉，这丫头什么时候才懂事。"我自认为已经足够懂事了，但是要懂事到什么程度，她们才会说"你现在也挺懂事了"。所以，我有时也会气急败坏："为什么每天都在嫌我不懂事？到底怎样才算懂事？"

每次我得到的回答都是这样的："你以为长了年龄就变成大人了吗？懂事就是变成大人，变成大人就是懂得体谅别人。"

也就是说，是否变成大人或者是否懂事，并不取决于年龄。但不知为何，我听了这话后心情就是很不好。仔细想想，原因很简单，因为她们的意思是说我只长了年龄，却还没变成大人，也不懂得体谅别人。难道我对妈妈来说，真的是这样的女儿吗？

"所以你的意思是，我是个自私自利，完全不懂事的人。但我也就是对你才这样，在外面我怎么可能也这样对别人？"

妈妈似乎觉得我的话很可笑，继续说道："闺女呀，你可要知道有个词叫'本性难改'啊。"

那天关于"懂事"问题跟妈妈争论不休。多年之后，当我快35岁时，才逐渐明白了她们对"懂事"的理解。比如，当有人说话带刺的时候，我会思考对方为什么一遇事就如此敏感，从而对那个人的生活感到好奇。看到身边性格独特的人，也会产生想深入了解对方的想法。这样的事要是放在以前，我会与之断绝关系或者一开始就不会与之为伍，但后来我逐渐领悟出了与他们共存的方法。也是在那个时候，我开始仔细审视妈妈了。

妈妈在年少无知的年龄就成了妈妈，而这并不是她的梦想，当时也没有计划或者准备好当妈妈，只是顺其自然地就那样成为了妈妈。随着时间的流逝，孩子们开始说话、走路，慢慢长大，她才在突然之间惶恐不安起来。

她开始担心，要怎样才能成为一个好妈妈，要怎样才能将孩子们好好抚养长大。为了让孩子们在健全的家庭中长大，她选择委屈自己，可最终却没能守住这个家庭，不得不让孩子们离开自己的怀抱，那时的她是无助的，是痛苦的。后来她组建了新的家庭，可为了新家庭的和睦她又不得不劳心劳力。

妈妈独自一人挺过的那段艰难的岁月，以及那些如碎片般四处散落的日子，不知为何在我跟妈妈争论的那天显得格外清晰。

妈妈说过，懂事了就会体谅别人，这就是她当时的意思。我想起当我听到妈妈说我"不懂事"就气急败坏地向她发火的那个自己，不禁笑出了声。妈妈听到我的笑声回过头来，仿佛见了奇人异事一样，惊讶地看着我。

这样的妈妈，我只想用世上最温暖的怀抱，静静地去拥抱她。

直到世界终结，我都是妈妈的女儿

有时，留心观察小侄女会觉得很神奇。因为没人教过她，她却能惟妙惟肖地模仿弟弟和弟媳的样子。

弟弟总会问她："你是谁的女儿呀？"

侄女用她那稚嫩的嗓音回答："爸爸的女儿！妈妈的女儿！"

看着如此童真的模样，我想起了自己小时候经常听到的话，也是最让我伤心的话："海珠你啊，是从桥底下捡来的哦。"

小时候听到这话我会又哭又闹，吵着说我不是从桥底下捡来的,是从妈妈肚子里生出来的。也许是觉得我的反应可爱有趣,姥姥也被我的话逗得大笑,时不时就跟我开这样的玩笑。每次我都眼泪汪汪地向妈妈寻求认同:"妈妈,海珠是妈妈的女儿,对不对?"

每当我拼命喊着"海珠是妈妈的女儿!我是妈妈的女儿!"时,妈妈只觉得年幼的我十分可爱,抱在怀里哄着,斜眼瞅着姥姥,让她别再逗孩子了。那时在我眼里,妈妈是世界上最漂亮的人,就像天使一样。

长大后,有人会说我像妈妈。"我像我妈?这还是我头回听说呢,真的很像吗?"我的回答像是在否定对方的话,仿佛在高声主张自己绝对不像妈妈。有时我也觉得自己奇怪,然后扪心自问:"我觉得像妈妈很丢脸吗?"

后来我发现,其实这并不是因为觉得丢脸,而是不知从哪一刻起,妈妈渐渐变得情绪化,越来越口无遮拦,越来越不是我心中的样子,那个像天使一样美丽耀眼的妈妈,在我心中不知不觉消失得无影无踪,取而代之的是"不想跟妈妈一样""绝对不要像妈妈那样活着"

的决心，并且为之努力奋斗着，所以我会对"像妈妈"这样的说法感到排斥。然而，不得不承认，我就是妈妈的女儿，这是绝对无法否认的。

我曾经被好朋友背叛过，这让我突然间想起了妈妈，她在物质和精神上为对方付出全部之后，却遭到背叛的情况不止一两次了。

遭背叛的那一天我给妈妈打电话说了这件事。她立刻告诫我不要跟那种朋友来往，却又嘱咐我不要讨厌人家。妈妈的话让我不由得笑了出来，无论是她还是我，最不擅长的就是讨厌别人。虽然我很生那个朋友的气，但其实并没有特别憎恶或者讨厌她。因为越讨厌她，我的心里就越不是滋味。

那天我和妈妈聊了很久，心里也轻松不少。挂断电话的时候，有这样一丝想法涌上心头——我的身体里有世上最善良的妈妈的基因，对此我一直心怀感恩。

直到世界终结，我都是妈妈的女儿！
海珠是李熙静女士的女儿！

有这样一丝想法涌上心头——
我的身体里有世上最善良的妈妈的基因,
对此我一直心怀感恩。

直到世界终结,我都是妈妈的女儿!
海珠是李熙静女士的女儿!

后 记
女儿写给妈妈的话

在本书的最后，有一句话我一定要先告诉妈妈："妈妈，谢谢你！"

在妈妈的人生中，阴云密布的日子比阳光明媚的日子更多，崎岖比坦途更多，荆棘丛生之处比铺满鲜花的道路更多。在那些岁月里，光是行走在暴风雨中就已经很疲惫艰辛了，而每个路口还堆放着障碍物，想必有时她也会感到灰心绝望，不由得失去力气，瘫坐在地；想必有时她也会觉得身边的子女是沉重的负担，有时也会放声呐喊，想要放下一切，不再继续前行。

这样的日子在妈妈的人生中数不胜数，但她的内心深处似乎烙印着一道善的光芒，无论境遇如何，无论遇到怎样的考验，这道光芒都绝不消逝。每当面临苦难折磨之时，她就会哼唱一句有如魔咒般的歌词：

太阳升起的日子总会到来的。[1]

她用这句歌词反复提醒自己,并对我说:"闺女,都说瓦片也有翻身日,咱们也一样,人生怎么会每天都是狂风暴雨,就是因为有旭日东升的日子,所以大家才活到现在了呀。咱们再努努力,忍一忍。雨后的天空不仅会出现彩虹,而且还是最晴朗的,加油吧!"

明明应该被人安慰的是妈妈,但她有个习惯,那就是在自己需要安慰的时候,反而会更用力地去安慰别人。

妈妈的这些话似乎真的蕴藏着惊人的力量。这些话会让内心充满温暖的气息,仿佛耀眼的阳光在眼前铺展开来,烦心事都被抛到脑后,心情变得畅快起来。妈妈就像魔术师一样拥有一下子打消负面念头的办法。

跟妈妈不同,我现在才开始一点点学会安慰她的方

---

[1] 出自韩国歌手宋大琯于1975年发表的歌曲《太阳升起的日子》。

法：妈妈依靠我的时候，不要把她推开；妈妈寻求理解的时候，要默默牵起她的手；妈妈想跟女儿撒娇的时候，就带她出去散心。

我们依然会争吵，依然会因对方的话语而受伤，依然会因为对方犯错而心烦意乱，但我坚信，妈妈和我携手度过的这些时光，会渐渐结出更加成熟的果实。

我希望那样的时光会越来越多，也希望我们母女能笑容灿烂地在人生的某个路口一同牵手，回望属于我们的过往。

致宝石般闪耀的妈妈

尽管妈妈的人生崎岖坎坷，有些地方已经破损变形，早已伤痕满满，但如果没有你，我还能看见这世上的光芒吗？

妈妈，是你让我看到这个世界的美好，你一直是我生命中的奇迹。

妈妈的存在本身就是赐福于我的奇迹，因为有你，我才能作为自己、作为女人、作为女儿而活；因为有你，我的人生才变得更加丰盈美丽。

总有一天我也会踏上这条名为妈妈的路吧？到那时，我能像你一样拥抱那个孩子吗？能献出自己人生的一切吗？

我应该做不到像你一样。但在唉声叹气、伤心难过的日子，我一定要想起你给予我的爱和奉献，然后重拾笑容，像你一样哼唱："太阳升起的日子总会到来的。"

妈妈，我的妈妈。

我一直很喜欢看你开怀的笑颜，那是比盛开的花还要灿烂的笑容。你如宝石般闪耀的脸庞，总是让我心情愉悦。所以能一直陪伴在你的身边，我无比幸福。虽然偶尔也会说出很多让你伤心的话，但希望你能明白，我是爱你的。

妈妈，我的妈妈。

尽管我们今后还会经历许多事情，但我并不担心。因为我懂得了真心爱你的方法，也学会了看你原本的样子。

我很庆幸，也很感激自己得到了像礼物一样的祝福。

我期待着与你共度的时光，也期待着我们会彼此深爱着、相拥着生活下去。我梦想着那样的日子。

亲爱的妈妈，如宝石般闪耀的妈妈。

对不起，过去我没有全心全意地好好爱你。

现在，我真心且全心全力地爱着你。

最重要的是，谢谢你当我的妈妈。

妈妈，我的妈妈。

虽然我们依然冲突不断，曾用言语伤害对方，

依旧会犯错，使对方心里难受，

但我深信我们母女俩会携手共度难忘时光，

渐渐结出成熟的果实。